OKINAWA   NOTE

오키나와 노트

지은이   오에 겐자부로
옮긴이   이애숙
편집   손소전
펴낸이   송병섭
펴낸곳   삼천리
등록   제312-2008-121호
주소   10570 경기도 고양시 덕양구 신원로2길 28-12 401호
전화   02-711-1197
전송   02-6008-0436
이메일   bssong45@hanmail.net

1판 1쇄 2012년 8월 17일
1판 2쇄 2017년 2월 20일

ISBN 978-89-94898-09-4 03830
값 12,000원

한국어판 ⓒ 이애숙, 2012

오에 겐자부로의 평화 공감 르포

오키나와 노트

오에 겐자부로 지음 | 이애숙 옮김

삼천리

차례

프롤로그   7

01   일본이 오키나와에 속한다   17

02   《야에야마 민요지》 1969   35

03   다양성을 향하여   55

04   내면적 류큐처분   81

05   씁쓸한 세상   101

06   이의신청을 받으며   121

07   전후세대의 지속   141

08   일본의 민중의식   161

09   '본토'는 실재하지 않는다   179

옮긴이의 말   202

프롤로그

1969년 1월 9일 새벽 오키나와 현인회(沖縄県人会) 사무국장 후루겐 소켄(古堅宗憲) 씨가 일본청년관에서 급사했다. 일본청년관은 그가 평생을 바친 오키나와 반환운동의 거점이었다. 지인에게는 오키나와 현인회 사무국장 이상의 존재였던 그는 오키나와에서 상경한 동지와의 간담회가 밤늦게까지 이어진 이튿날 새벽 화재를 당했다. 따라서 소켄 씨는 본인이 평생을 바친 투쟁 현장에서 산화했다.

　지금 나는 소켄 씨를 애도하는 글을 쓰고 있지만 그의 진혼을 바라지 않는다. 소켄 씨를 진혼할 수 없다. 그에게 이렇게 말을 걸면서 너무나 소중한 죽은 자를 애도할 뿐이다. "죽은 자여! 분노를 가지고 우리들 가운데 항상 살아 있어 주오! 담약한 우리 산 자들에게 분노를 불러일으켜 주오!"

　화재로 청년관 5층에 연기가 가득 차면서 소켄 씨는 일산화탄소 중독으로 사망했다. 아마 그는 지난밤의 취기와 깊은 잠에서 깨어나 곧 자신을 덮칠 구체적인 죽음과 잠시 대면했을 것이다. 소켄 씨의 부고를 받고서 나는 먼저 오랜 세월의 피로가 어둡게 드리워 있지만 선의와 온화함을 띠고 있던 독특한 그의 얼굴을 떠올렸다. 그리고 너무 살이 쪄 둥글한 몸통에 팔다리가 짧아 보이는 코믹한 그의 몸을 떠올렸다. 그런 소켄 씨의 육신이 연기에 휩싸인 침대 위에서 의식을 되찾았을 때 그가 가졌을 낭패감, 공포심, 무력감 그리고 빈사의 모습을 생각하면서 나는 눈물을 멈출 수 없었다.

그런데 나의 상상력이 만들어 낸 빈사의 그 모습이 본질적으로 틀렸다는 것을 차츰 알게 되었다. 생의 마지막 순간 소켄 씨의 각성된 의식을 차지한 것은 낭패감도 공포심도 무력감도 아니었다. 분노, 격렬한 분노였음이 틀림없다. 그 분노 앞에서 내가 흘린 슬픔의 눈물은 뜨거운 철판 위에서 운산운무하는 물방울에 지나지 않는다.

내가 그런 인식에 도달한 것은 장례식과 경야(經夜)에서 형 소준(宗淳) 씨가 엄격함과 의연함으로 자신을 억제하면서 한 번씩 날카롭고 격렬하게 뿜어내는 분노의 신음소리 때문이었다. 소켄 씨의 죽음에 대한 진정한 애도는 그의 분노를 공유하기 위한 노력으로 가능함을 알게 되었다. 그것은 바로 의식 있는 오키나와 현민의 분노이다. 빈사의 소켄 씨에게 집약된 분노의 무겁고도 날카로운 창날은 우리 본토 일본인을 겨누고 있다. 소켄 씨의 38년 삶을 기억하는 사람이라면 누구도 그 사실을 부정할 수 없다. 그의 죽음을 애도하는 우리 마음은 암담하고 참담한 수치심의 수렁으로 빠져 들어간다.

나는 '수치'라는 말을 후루겐 소준 씨 입을 통해서 나온 그 느낌, 그 의미 그대로 사용하고 싶다. 조라쿠사(常樂寺)에서 거행된 경야 때, 소준 씨는 조화 옆에 정좌하고서 한 번씩 얼굴을 꽃에 파묻듯 꾹 누르고 있었다. 그 이상한 모습에 가슴이 저렸다. 극심한 슬픔이 그런 자세를 하도록 만들었기에 나는 쳐다보고 있을 수 없었다. 그런데 그것은 슬픔에서 나온 발작이 아니라 분노의 의지에서 나온 자세였다. 드디어 소준 씨가 일어나 "동생이자 동지였던 소켄"이 오랜 세월 기거했던 조라쿠사가 "마지막 염을 해주신 데" 감사드린다고 인사말을 했다. 감명 깊은 인사말이었다. 하지만 소준 씨가 부드럽고 차분한 목소리로 본토와 오키나와의 언론이 사실과 다르게 소켄 씨를 '소사체'(燒死体)라고 보도한 것에 항의하는 말은 경야에 참석한 사람들에게 더 큰 감명을 주었다.

소준 씨는 장례식에서도 인사말을 마치고 조문객 앞을 지나갈 때 애써 억눌렀지만 목에서 솟구치는 오열을 토했다. 인사말 말미에서 '소사체'라는 오보에 항의할 때 그의 몸속에서 소용돌이치던 분노의 힘이 온화하고 강인한 의지를 지닌 소준 씨를 오열하도록 했다.

오키나와 반환운동에 참가하고서 너무 이른 죽음에 이를 때까지 16년 동안 소켄 씨는 생가에서 '일식(一食), 일박(一泊)'을 한 적이 없다. 그런 소켄 씨가 일산화탄소중독 피해자로 안타깝게 사망한 것이다. 그런데 한결같이 '소사'라는 표현으로 마치 사망자가 화재 원인과 관련 있다는 듯 보도한 것은 일본인의 '수치'가 아니냐며 소준 씨는 진심으로 고발하였다. 오보에 거듭 항의해도 신속히 정정할 움직임이 없는 것 또한 '일본의 수치'가 아니냐며 분노의 목소리로 말했다.

이에(伊江) 섬의 농민 소준 씨는 집안의 부채를 갚기 위해 이토만(絲

滿) 어부에게 아동 일꾼으로 팔려 가게 되었다. 헤엄칠 힘도 없어 이토만에서 죽느니 차라리 산의 야생 버섯을 먹고 죽으려 했다. 그런데 너무 많이 먹어 토하는 바람에 목적을 이루지 못하고 마루 밑에 숨어 울고 있었다. 그때 장남마저 버릴 정도로 삶을 포기한 어머니가 필사적으로 살아갈 의지를 가지면서 소준 씨도 다시금 살아났다. 그런 유년시절을 경험한 소준 씨는 대가족이 연명하기 위해 논밭 너 마지기를 팔아 약 여덟 배의 황무지를 사서 가혹한 노동 끝에 야채를 재배하며 간신히 살 방편을 마련한 농민이었다.

소준 씨의 그런 희생에 보답하듯이 바로 아래 동생 소메이(宗明) 씨는 야에야마(八重山)고등농림학교에 진학하여 학과 공부뿐 아니라 학생활동에서도 뛰어난 성적을 거두었다. 하지만 현지 소집되어 오키나와 전투에서 전사했다. 그는 열다섯 살에 철혈근황학도대(鉄血勤皇學徒隊, 오키나와 전투에 동원된 14~17세의 학도대―옮긴이)에 참가했다가 간신히 살아 돌아온 둘째 동생을 오키나와 가이요(開洋)고등학교, 헨토나(辺土名)고등학교 교사로 키웠고, 나중에 본토에 가서 공부를 더 하고자 할 때 그를 떠나보냈다. 이후 둘째 동생은 학생운동 참여 때문에 귀향 '여권'을 거부당한 채, 일관된 논리로 오키나와 반환운동에 투신하였다. 바로 그 16년 동안 소준 씨는 섬의 절반을 군사기지에 빼앗긴 이에 섬에서 가난한 농민으로 현실 생활을 지켜 왔다. 말하자면 오키나와의 전형적인 상황을 체현하고 있는 인물이다. 그런 소준 씨가, 오키나와 반환운동에 청춘과 일생을 바친 동생의 죽음에 연루된 오명을 벗겨 주고자 분노의 목소리를 토한 것이다.

그 분노의 목소리에 자신의 뿌리가 흔들리는 느낌을 받지 못하는 일본인은, 현재의 오키나와 상황에 아무리 많은 관심을 갖고 있어도 죽은 소켄 씨가 지향하던 오키나와 상황의 핵심으로 다가갈 수 없다. 빈사의 소켄 씨가 가졌을 분노를 통해 오키나와 현민의 내면 깊숙이 실재하고 있는 암울한 분노에까지 상상력의 추를 닿게 할 수 없다.

왜냐하면 소켄 씨는 정치적인 문제를 인간적인 윤리 문제로 인식하고서 행동의 본질적 바탕으로 삼았던 실천가이기 때문이다. 소켄 씨보다 훨씬 정치적으로 민첩한 활동가도 많이 있겠지만, 그는 본질적으로 인간을 중심에 놓고 행동하는 실천가였다. 감히 일천한 내 경험으로 보면, 이따금 만나는 유능하고 적극적이고 매력적이고 당찬 실천가들보다도 중요한 인물이었다. 따라서 불의의 죽음은 무엇으로도 대신할 수 없었으며, 소켄 씨의 분노는 나를 송두리째 흔들어 놓을 만큼 큰 타격을 주었다.

사적인 이야기를 하나 하자면, 소켄 씨는 현장의 정치적인 사안을 인간적인 일로 원활히 받아들이도록 완충하는 역할에 힘쓴 인물이었다. 내가 오키나와의 정치적 상황과 관련하여 무슨 역할을 했는지 새삼 부끄러워지지만, 그런 수치심조차 소켄 씨는 진지하게 받아 주는 인물이었다. 나는 본토에서 살고 있는 인간으로서의 치욕을 의식하지 않고, 즉 일말의 수치심과 주저함도 없이 사람들 앞에서 히로시마나 오키나와에 대해 이야기할 수 없었다. 하지만 오키나와 행정주석 선거 때 혁신후보 야라 조스케(屋良朝助)의 승리를 위해 나는 도쿄와 오키나와 집회에서 몇 차례 보잘것없는 의견을 말한 적이 있다. 그

때 소켄 씨를 연결고리로 나는 연단에 서서 수치심과 주저함을 억지로 감추지 않고 오히려 그 느낌대로 말하여 오키나와 청중의 반응을 얻고서 자연스럽게 용기를 갖게 되었다. 소켄 씨의 온화함에 힘입은 것임을 인정하지 않을 수 없다. 그와 동시에 그 온화함 뒤에 날카롭고 격렬한 분노가 있었다는 사실도 확인할 수 있었다.

오랜 시간 소켄 씨와 친구로 가깝게 지냈는데, 나는 그가 생전에 술고래였다는 사실을 몰랐다. 그의 동지들은 그것을 이상하게 생각했다. 나도 가끔 만취하는 인간이라, 어떤 탐험가가 기록한 아프리카 수단의 마을에서 반복 발생하는 만취 소동은 "왠지 모를 결핍, 절망적인 자포자기 상태로 내몰리는 데 대한 사람들의 근원적인 불만을 드러내는 것"이라고 설명하며 내가 만취한 이유를 변명할 때도 있다. 소켄 씨는 오키나와로 돌아가도 앞서 말한 절절한 사연을 가진 가족과는 선착장에서만 잠깐 만날 수 있었다. 그런 그와 나는 나하(那覇)의 호텔에서도 도쿄에서도 만나 밤늦도록 이야기 나누었지만 함께 술을 마신 적은 없었다.

왜 그랬을까? 진지한 척한다는 비난을 감수하고 말하면, 본토 사람인 나는 소켄 씨와 오키나와 문제를 술을 마시면서 이야기할 수 없었다. 서로 취할 정도로 마실 것을 알면서도 그렇게 할 수 없었다. 소켄 씨의 갑작스런 죽음 이후 그의 단골 술집을 몇 곳 찾아갔다가 만취한 그가 집요하고 분노를 잘하는 논객이었다는 사실을 알게 되었다. 나는 혼자 아와모리(泡盛, 오키나와 소주—옮긴이)를 마시다 금방 취해서는 분노하는 소켄 씨의 환영을 보았다. 나를 향해 간절하고 깊은 분노를 담아 고발하는 모습을 선명하게 보았다. 제한된 만남 속에서 가졌던 온화한 모습 하나하나가 분노의 모습이 되어 나타났다.

소켄 씨의 단골 오키나와 음식점이나 아와모리 술집에서 내가 얻은 정보는 단순히 성난 논객의 모습만이 아니다. 교사 시절 소켄 씨가 가르친 학년보다 상급생인 터라 직접 배우지는 않았지만, 도쿄로 나온 뒤부터 그를 따랐다는 여성이 전하는 이야기는 이렇다. 오키나와 전투 직후 오키나와 외국어중등교원양성소에서 공부하고 교사가 된 소켄 씨는 산적한 악조건에도 불구하고 뛰어난 교사였다고 한다. 젊은 자연과학 교사인 그는 학계에 보고되지 않은 식물의 종을 하나 발견하기도 했다고 한다.

'총알 비'(鉄の暴風, 오키나와 전쟁을 비유―옮긴이)로 초토화된 오키나와 땅에서 새로운 식물을 발견했다는 값진 의미를 생각해 보면 소켄 씨의 의지가 무엇을 지향했는지 충분히 보여 주는 에피소드이다.

하지만 스물두 살이 되던 여름날, 젊은 교사는 새로운 학문을 결심하고 도쿄로 상경하여 두 대학에서 수학하고는 중퇴했다. 그 두 대학 메이지학원대학과 도쿄외국어대학은 장차 오키나와 출신 학생이 학력 미달이 아니라 프라이스권고 반대·4원칙관철 국민대회(1956년 발표된 미국 연방하원 군사위원회의 오키나와 기지, 군용지 문제에 관한 권고와 그에 대한 반대 운동―옮긴이)를 조직하여 본토에서 오키나와 반환 운동의 단초를 마련하고 평생을 바쳐 실천해 나가기 위해 대학을 떠났다는 사실을 인정하는 영광을 얻게 된다.

1969년 1월 9일 새벽 서른여덟 짧은 생을 마칠 때까지, 소켄 씨는 오로지 오키나와 반환운동에 열중해 왔기에 현장 활동과 관련한 수많은 증언을 얻을 수 있었다. 빈사의 소켄 씨의 분노를 공유하거나 공유하기를 희망하는 사람들의 목소리로 그 모든 것을 증언해야 한다. 따라서 나의 증언은 소켄 씨의 오키나와 반환운동 현장 활동에 관한 증거물을 하나만 제출해도 충분할 듯하다. 바로 일본국 헌법을 인쇄한 문서를 오키나와 현지에 대량으로 보내는 노력을 열정적으로 한 사람이 소켄 씨라는 사실이다.

현재 헌법의 보호를 받지 못하고 있는 오키나와에는 헌법을 무기이자 정치적 상상력의 근간으로 삼는 태도가 널리 퍼져 있다. 그런 현실을 돌아보면 헌법 문서를 보내기 위해 성실히 활동하던 소켄 씨의 내면에는, 스무 살 헨토나고등학교 자연과학 선생이 불타 황폐해진 땅에서 싹이 돋아난 식물, 그것도 신종을 발견한 지속적이고 강인한 의지가 계속 살아 있었다는 것을 부정할 수 없다.

잿더미가 된 땅에서 새로운 식물을 찾아다닐 만큼 정열적이던 젊은 교사의 혼을 한 번씩 흔들어 놓던 절망적인 분노가 본토에서 헌법 문서를 보내는 젊은 활동가의 내면에 불타고 있었던 것이다. 현실적으로 헌법의 보장을 받지 못하는 오키나와와 고립 방치된 동포에게 연대의 손을 거부하는 본토에서, 얼핏 성공적으로 헌법 체제를 갖췄다고 생각하는 본토에서, 굳이 헌법 문서를 보내는 그의 어둡고 고독한 분노의 불길을 다시 한 번 확인한다.

수치심을 가지고 그것을 인정하고 확인하는 사람들에게 죽은 자는 소리친다. 연기 자욱한 방에서 눈을 부릅뜬 빈사의 소켄 씨가, 야라 조스케 행정주석을 선출하여 확실한 의지를 표명하고, B-52 폭발(1968년 B-52폭격기 추락으로 기지 주변 민가에 큰 피해가 발생했다—옮긴이)이라는 구체적인 공포를 자신들 땅에서 목격하고 철수요구 파업을 하려는 핵기지 오키나와 민중을 주시하라고 소리친다. 민중들이 스스로 '생명을 지키기 위한' 최소한의 행동에 종합노동포령(總合勞動布令, 1969년의 집회 금지령—옮긴이)으로 전면적 거부를 행사한 미국의 강권을 직시하라는 것이다. 또 그에 버금가는 뻔뻔스런 일본의 강권을 주시하라는 것이다. 이제 주일 미국대사, 외상, 총리는 노골적으로 오키나와 민중들이 의지를 가지고 스스로 현재와 미래 생활의 방향을 설정하는 것을 정면으로 부정하는 태도를 보인다.

그런 일본에서 선거권을 가진 민중인 우리는, 구미오도리(組踊, 오키나와 전통 예능—옮긴이)《오카와의 복수》(大川敵討)에 나오는 대사, "죽는 순간까지 이게 마음에 걸려 죽을 수가 없어"를 환기시키는, 죽은 자의 참담한 분노를 공유하면서 소켄 씨를 애도할 뿐이다. 그리고 그 분노의 창끝이 우리를 향하게 해야 한다. 그래도 후루겐 소켄 씨의 진혼은 결코 이루어지지 않을 것이다.

(1969년 1월)

OKINAWA NOTE 01

일본이 오키나와에 속한다

'나는 왜 오키나와에 가는가?'라는 내면의 목소리는 '너는 왜 오키
나와에 오는가?'라고 거절하는 오키나와의 목소리와 겹치며 언제나
나를 혼란에 빠뜨린다. 그 두 목소리가 동시에 '바보!' 하고 조롱한
다. 이처럼 오키나와에 가는(오는) 것이 쉬운 일인지 언제나 스스로
되묻는다. '아니, 오키나와에 가는 것은 나에게 쉬운 일이 아니야' 하
고 남몰래 생각한다. 오키나와에 갈 때마다 그곳에서 나를 거절하라
는 압력이 점점 더 커져 간다. 그런 거절의 압력을 형성하고 있는 것
은 역사이며 현재의 상황, 인간, 사물 그리고 미래의 모든 것이다. 압
력의 핵심에는, 여러 차례 오키나와 여행으로 내가 좋아하게 된 사람
들의 더 없는 친절함과 공존하는 단호한 거절이 있기에 참으로 난처
하다.

　나는 그들을 더 깊이 알고 싶어 오키나와에 간다. 하지만 더 깊이
아는 것이 온화하고도 확고하게 그들이 나를 거절하는 것임을 절망
스럽지만 분명히 알게 된다. 그럼에도 나는 오키나와에 간다. 가끔 도

망치는 꽁무니를 쳐다보듯 나 자신을 객관적으로 바라본다. '바보!' 나 스스로를 냉정히 관찰한다. 현실의 벽을 넘어 행동한 경험도 지식도 없이 오로지 맨손으로 그저 열병에 걸려 점점 쇠약해지면서 쫓기듯이 돌아다니고 있다. '일본인이란 무엇일까? 그렇지 않은 일본인으로 나 자신을 바꿀 수 있을까?'를 곰곰이 생각하며. 어쩌면 오래전에 벌써 나의 세력권에서 벗어난 시궁쥐 같은 그 바보는 흉물스럽게 광장 한가운데 지쳐 쓰러지겠지. 우스꽝스런 이야기이다. 하지만 개인적 사정으로 자신을 넘어뜨리지 못하고 비틀거리며 돌아다니는 한, 계산을 전부 그 녀석에게 전가하듯이, 머릿속 명제가 너무 주제넘고 요란스럽다고 해도 그것은 그 바보의 자유이다.

몇 년 동안, 특히 지난 1년 무력한 겁쟁이가 비쩍 마른 털북숭이 정강이를 드러내는 그런 흉물스런 뻔뻔함으로 자주 '일본인이란 무엇일까? 그렇지 않은 일본인으로 나 자신을 바꿀 수 있을까?'를 곰곰이 생각하는 나 자신을 발견한다. 그때 만약 거울을 봤더라면 빈혈과 의욕이 아닌 쇠약으로 고열에 시달려 의식이 혼미한 얼굴이 비치어 슬그머니 도망쳤을지 모르겠다. 멍청히 그리고 침울하게 '일본인이란 무엇일까? 그렇지 않은 일본인으로 나 자신을 바꿀 수 있을까?'를 고민하는 나를 발견하고서 나 스스로도 기분 나쁜 미소를 지은 적이 있다. 또 어느 날 새벽, 오키나와에서 태어나 오키나와를 살고, 죽음으로 오키나와를 똑똑히 보여 준 후루겐 소켄 씨의 갑작스런 부고를 받은 날 나는 죽음을 생각했다. 그 친구처럼 불의의 죽음이 나를 기다릴 가능성이 크다고 생각하자, 불현듯 죽을 때까지 '일본인이란 무엇일까? 그렇지 않은 일본인으로 나 자신을 바꿀 수 있을까?'라는 명제에 대한 나만의 해답을 찾을 수 있을까 생각하면서 죽음과 같은 공포, 무력감, 고립감, 비참함에 사로잡혀 구차한 눈물을 흘렸다.

지금 나는 왜 이런 것을 쓰고 있을까? 내가 오키나와 여행을 떠났을 때 '일본인이란 무엇일까? 그렇지 않은 일본인으로 나 자신을 바꿀 수 있을까?'라는 명제를 안고 있었지만, 방금 설명했듯이 그것은 일상생활의 차원에 속한다는 것을 밝히고 싶어서이다. 그리고 오키나와에 대한 내 마음속의 망설임과 외부의 거절하는 목소리에 반항하여, 아니 그런 저항감에 의지하여 계속 여행하고 싶은 마음이 절실했음을 밝히고 싶어서이다. 물론 이렇게 글을 써서 나 자신을 위한 어떤 면죄부를 마련하려는 것은 아니다. 또한 뉘우치는 참회 양식으로 이 글을 쓰려는 것도 아니다. 현재의 오키나와 상황이 지속되는 한, 공적으로 본토 일본인은 오키나와와 거기 사는 사람들에게서 면죄부를 받을 수 없으며 어떤 참회도 할 수 없다. 오키나와에서 오는 거절의 목소리는 그 '거짓' 면죄부는 물론이고 거기에 달라붙어 있는 참회의 의지까지도 단호히 거절하는 것이다. 나는 개인적으로 오키나와나 거기 사는 사람들에 대하여 글을 쓸 때마다 착오가 되풀이되고 있다는 사실을 의식해야 했다. 류큐처분(메이지유신 이후 오키나와가 일본에 강제로 편입된 일련의 과정─옮긴이) 이후 오키나와 근현대사에도 오키나와와 거기 사는 사람들에 대한 본토 일본인의 관찰과 비평에는 의식하든 의식하지 않든 아주 뻔뻔스런 왜곡과 착오가 수없이 담겨 있다. 그것이 오키나와에 대한 차별임은 말할 것도 없고, 일본인의 가장 추잡한 속성에 대한 자기선전이 저지르는 왜곡과 착오이다.

물론 나 자신도 일본인의 속성과 관련된 왜곡과 착오로부터 자유로울 수는 없다. 단적으로 오키나와에 관한 뻔뻔한 관찰과 비평이 나올 때마다 그것이 내 관찰이고 내 비평이라고 인정할 수밖에 없었던 적이 종종 있다. 그런 의미에서 오키나와 여행은 결국 내 개인적인 전망을 벗어나지 않는다. 하지만 '일본인이란 무엇일까? 그렇지 않은 일본인으로 나 자신을 바꿀 수 있을까?'라는 명제를, 그 명제가 지닌 엄청난 비참함에서 벗어나기 위해 발버둥 치면서 생각하는 것과 동일하다.

사실 오키나와를 처음 방문한 1965년 봄, 나하 시로 가는 비행기 안에서 나는 내면의 망설임과 오키나와의 거절을 명확히 의식하지 못했다. 아마 곧 착륙하게 될 땅에 사는 사람들과 아직 인간적 유대를 개척하지 못한 것에서 비롯된 자기방어, 그리고 개념만 알고 실체를 제대로 파악하지 못한 상상력의 빈곤과 무지 탓이었을 것이다. 그래서 이후 끊임없이 수치스런 자성의 시간을 보내게 된다는 사실조차 깨닫지 못한 천진난만한 여행자였다.

하지만 정해진 여행 스케줄을 마치고 나서는 마냥 '천진난만한 여행자'로 남아 있을 수 없었다. 혼자 나하 시에 남아 다음처럼 시작하는 글을 썼다. 지금 나를 사로잡고 있는 '일본인이란 무엇일까? 그렇지 않은 일본인으로 나 자신을 바꿀 수 있을까?'라는 질문이 이미 그때 싹을 틔우고 있었다.

"어느 나라 어느 지방 할 것 없이, 인간이 가장 당당하고 아름다울

때, 그들의 아름다움은 얼굴과 골격에 나타난 지역적 특징과 관련되어 있다. 그곳 사람다운 지역적 개성이 그들의 매력을 형성한다. 그런가 하면 그 땅의 인간이 가장 위축되어 있고 추할 때도 그들의 추한 모습은 얼굴과 골격에 나타난 지역적 개성과 관련되어 있다. 즉 어떤 나라든 어떤 지방이든 지역적 개성이라는 것은 그 지역 사람들의 미추(美醜)와 동전의 양면처럼 밀접한 관련이 있다. 우리가 아름답다고 하면 그것은 일본이라는 특정 지역의 개성과 관련된 아름다움이다. 우리가 추하다고 말할 때 그것은 일본인의 지역적 개성의 부정적 요인을 하나로 모아 놓은 너무도 일본인다운 추함이다."

드디어 나는 단순한 얼굴 생김새를 넘어 일본인다운 추함이라는 말뜻을 인식하게 되었다. 오키나와가 나를 그러한 인식으로 인도했고 그 인식이 다른 많은 것과 연결되면서 '일본인이란 무엇일까? 그렇지 않은 일본인으로 나 자신을 바꿀 수 있을까?'라는 무력한 탄식과 출구도 없는 막다른 골목으로 나를 몰아갔다. 그것이 시작이었다.

고자(コザ) 시에 있는 류큐소년원에서 나는 교도관과 함께 독방의 딱딱한 침상에 가만히 앉아 있는 소년을 감시 구멍으로 들여다본 적이 있다. 그 작은 구멍으로 봤다는 사실을 떠올릴 때마다 가끔 나는 불안해진다. 독방에 갇힌 이유를 묻는 교도관한테서 소년이 "반항했어요" 하고 대답하는 소리를 들었을 때, 나를 사로잡은 감회를 기록하기 위해 다음처럼 시작하는 글을 썼다. 류큐소년원은 재활 시설이 부족했을뿐더러 정원의 두 배가 넘는 소년들을 수용하고 있었다. 그 엉성한 철조망 안에서 나름대로 질서가 유지되는 것은, 수감된 소년들

나이에 절망적이고 궤멸적인 오키나와 전투에 나가야 했던 교도관들의 각별한 노력과 그에 보답하려는 비행소년들의 스토이시즘 때문이 아닐까 공상했다.

"정원의 두 배가 넘는 비행소년을 수용한 소년원에서 폭동을 일으키는 것은 아주 쉽다. 하지만 그 소년들은 비행소년에게도 요구할 권리가 있음을 주장하지 않았다. 그들이 열악한 시설을 인내하며 소년원 생활에 따르는 것은 그런 교도관들에 대한 사나이의 우정 때문은 아닐까?"라고 나는 썼다. 1967년 가을 오키나와를 다시 방문하고서, 감상적 소망이 담긴 그 글에 담겨 있는 착오를 곧바로 수정해야 했다. 나 자신의 착오와 감상적 소망을 이렇게 쓰면서 묻어 버렸다. "그 위험한 균형은 무너져 갔다. 올해 벌써 35건, 149명이나 되는 탈주는 차치하더라도 교도관들이 비행소년들의 저항을 감당하지 못한다는 인상을 지울 수 없다. 소년원을 둘러싼 철조망이 대충 복구되었지만, 눈에 띌 만큼 크게 훼손된 것은 조직폭력배가 자신들의 소중한 행동대원들을 데려가기 위해 공공연히 저지른 짓의 흔적이다."

이처럼 착오를 정정하는 글을 쓰는 것으로, 소년원 재방문을 통해 확실히 가지게 된 의문의 해답을 찾은 것은 아니다. 나 자신의 착오로부터 아무런 상처 없이 도망칠 수 없었다. 류큐소년원을 다녀와서 나하 시 호텔에서 노트에 쓴 짧은 글들을 읽어 보면, 그날 밤 나를 사로잡고 있던 혼란을 구체화시키는 소설의 밑그림을 그리며 불면의 긴 밤을 보낸 기억이 생생하다. 나는 소설을 쓸 때면, 언제나 도제 수업을 제대로 받지 못한 미숙련공처럼 일하고 있음을 인정하게 된다. 그러나 마음속의 암담함을 어떻게든 극복하고 싶을 때면, 소설을 쓰는 전문가로서의 습관을 따르고 있는 자신을 발견하기도 한다.

여하튼 나하인지 고자인지 길거리에서, "반항했어요" 하고 흐릿한 눈으로 대답한 독방 소년을 만난다는 설정을 노트에 써 두었다. 이전에 내가 비행소년의 추함에서 봤던 오키나와 사람의 지역적 개성이, 지금은 반짝반짝 빛나는 눈과 함께 그대로 비행소년의 아름다움을 형성한다. 독방에 갇힌 그를 감시 구멍으로 들여다보았기에 그 소년이 내 어깨를 붙잡고 싸움을 걸어 오더라도 나는 거절할 권리가 없다.

'정말로 너는, 비행소년에게도 비행소년으로서 요구할 권리가 있는데도 주장하지 않고 인내하고 있다고 생각했니? 우리가 왜 참아야 해? 우리가 왜 우리를 가둔 교도관들에게 사나이의 우정을 느껴야 해? 우리가 왜 쉽게 폭동을 일으키지 않고 독방에 앉아 있어야 해? 너는 본토 일본인들이 갖고 있는 더러운 마음의 안정을 얻기 위해서, 오키나와 비행소년인 우리가 폭동을 일으키지 않고 어떤 권리도 주장하지 않고 모든 것을 인내하며 우리를 가둔 교도관에게조차 우정을 느끼고 있다는 환상이 필요했던 거 아냐?'

현실에서 그렇게 고발하는 비행소년을 만나지는 않았지만, 구체적인 모습의 환영을 닮은 오키나와 소년들을 볼 때마다 고발의 목소리는 마음속에서 메아리친다. 1969년 4월, 올봄에 배를 타고 오키나와로 갔다. 선실을 함께 사용한 미국인은 누가 봐도 틀림없는 성도착자였다. 지금 성도착을 비난하려는 게 아니다. 그에게도 나름의 자유와 지옥이 있을 것이다. 하지만 도쿄에서 영어 강사로 일하고 있다는 그 남자는, 몇 명의 소년들을 선실로 데려와서 처음에는 막연히, 그러나 점점 노골적으로 유혹하고 있었다. 그 아이들이 본토에서 집단취직 (集團就職, 지방 학생이 도시에 단체로 취직하는 것—옮긴이)을 하고 휴가를 떠나는 건지, 여행을 마치고 귀가하는 건지 알 수는 없지만, 이미 사회에 나와 일을 하고 있는 소년들이었다.

나는 내 침대에 둘러쳐진 커튼 안에서 그 요상하고 음란한 말을 듣고 있었다. 처음에는 그냥 단순한 영어 회화가 오고 갔다. 그것은 미끼였다. 시간이 좀 지나자 이 영어 강사는 대화를 일본어로 바꾸면서 노골적으로 유혹하기 시작했다. 그때 한 오키나와 소년이 유혹하는 자의 태도에서 불안함을 키우는 싹을 발견했는지 아니면 선실에서 아저씨 냄새를 맡았는지, 여하튼 정확한 이유는 알 수 없지만 커튼을 열고 안을 들여다보았다. 마침 유혹하던 그 영어 강사는 소도구인 코카콜라와 캔 맥주를 사러 밖에 나가 있었다. 거기 남아 있는 오키나와 소년들에게 주의를 주려고 했지만 그들은 바로 거절했다. 그들은 오키나와 방언으로 대화를 시작했고, 돌아온 미국인이 노골적일 때마다 빠르게 방언으로 서로의 불안감과 용기를 확인하면서 계속 선실에 남아 있었다. 캔 맥주를 너무 많이 마신 소년이 구토를 하고 내가 그걸 핑계로 선실 담당자 호출 벨을 누름으로써 열정의 드라마는 일단 불발로 끝났다.

나는 그 미국인이 단순한 언어 유혹을 넘어 오키나와 소년들에게 성도착적인 초보 훈련을 시작한다면 가만두지 않을 생각으로 대기하고 있었다. 하지만 소년들은 "저 남자는 이상한 성적 기호를 가진 자로 너희를 덮치려 한다"고 경고하는 본토 일본인인 나를 편하게 여기지 않았다. 오히려 수상한 암시로 유혹하는 미국인에게 더 친근감을 느꼈다. 소년들이 이상한 분위기를 알아챘을 때, 나한테 구조 요청을 하는 게 아니라 오히려 내가 알아듣지 못하도록 방언으로 서로 정보를 교환하며 긴장하고 있었다.

그 상황에서 비행소년의 환영은 이런 질문을 할 것이다. "우리가 그 미국인과 코카콜라나 캔 맥주로 즐기는 걸 방해할 도덕적 권리가 너한테 있다고 생각해? 우리가 그 미국인한테서 위험한 일을 당하면 정말 구해 주려고 생각했어? 그건 그렇고 도대체 넌 왜 걱정스런 얼굴로 거기 숨어 있는 거야?" 그 오키나와 소년들은 귀향을 위해 차려입은 최신 유행 셔츠와 바지가 아주 잘 어울리는 미소년들이었고, 어쩌면 소소한 모험을 즐기고 있다는 느낌마저 들었다.

6월 17일자 신문이 전군노(全沖縄軍労働組合의 약칭―옮긴이) 파업을 힘으로 봉쇄하려는 미군 총칼에 부상당한 사람들을 위해, 또 그 총칼이 바로 자신들을 노리고 있는 현실에 항의하기 위해 "전군노 무력 탄압에 항의하는 현민대회"가 개최되었다고 보도했다. 아울러 "드디어 본격적으로 각목을 사용한 100명가량의 학생과 일부 노조원이 사령부로 진입하기 위해 격렬하게 돌을 던지면서 기동대와 충돌을 거듭하여 부상자가 속출했다"고 전했다. 하지만 분명히 기억할 것은 '드디어 본격적으로' 사용되었다는 각목은 오키나와 민중이 총칼에 부상당하기 전이 아니라 부상에 항의하는 집회에서 사용되었다는 사실이다. 그런데 지금 내가 주의를 환기시키고 싶은 것은 그날 신문 사회면에 실린 '오키나와 소년 세 명이 강도'라는 기사이다.

그들은 소년원 독방에 갇혀 있는 비행소년이나 성도착 미국인의 유혹 드라마에서 조연이던 소년들과 비슷한 나이였다. 나하 시 출신인 그 소년들은 본토의 평범한 지방 출신자들처럼 표준어를 사용할 수 있는 소년들이었다. 그들은 요코하마 철공소에 집단취직을 했다. 신문에 따르면 "하지만 쓰는 말도 다르고 동료 직원들과 분위기도 맞지 않아 짜증이 나서" 철공소를 나와 신주쿠로 갔다고 한다. 그들은 떠오르고 있는 도쿄의 소비문화 중심지에서 돈이 필요하여, 공장에서 자신들이 만든 수제 나이프로 행인을 위협하고 상해를 입혀 얼마간의 돈을 갈취했다.

'쓰는 말도 다르고'라고 기자가 가볍게 기술한 걸 보고 나는 경직되었다. 나하 소년들과 요코하마 소년들의 '말'은 다르지 않다. 원리적으로 다르지 않다. 그러나 나하에서 온 소년들은 동료 직원들한테서 고립당하면서 그들끼리 뭉치고 다른 사람을 거절하기 위해서 오키나와 방언을 사용했다. 고립된 자신들만의 내부적인 소통 방법으로 방언을 채용한 것이다. 오키나와로 가는 배 안에서 겪은 이상한 일로도 짐작할 수 있고, 어쩜 그것이 더 현실적인 해석일 것이다. 소년들은 본토 일본인 모두를 거절했다. 그리고 그들은 분명히 강탈당한 '번영하는 일본의 소비문화'에 참여할 시민권을 얻기 위해, 고립된 채 일하던 철공소에서 자신들이 만들던 나이프를 들이댔다. 마치 그 수제 나이프를 나한테 들이대는 것 같다.

비행소년의 환영이 다시 나에게 묻는다. "대체 너희들의 자랑거리인 강력한 경찰력으로 금방 체포한 그 소년들을 어떻게 할 생각이 야? 신참 비행소년을 오키나와로 돌려보내서 탈주 소동이 되풀이되 는 류큐소년원에 가둘 생각이야? 소년들이 수제 나이프 제작 방법은 배웠지만 그들에게 일본은 어떤 현실을 맛보게 했지? 난 미군이 총검 을 휘두르며 오키나와 사람에게 전한 메시지를, 그 소년들이 본토 일 본인에게 수제 나이프로 전달한 게 아닐까? 하고 착각했는데. 정말로 '오키나와'가 '일본'을 나이프로 상처 준 걸까? 그 반대 아냐?"

일본이여

조국이여

거기까지 온 일본은

우리 외침에

염치없는 얼굴을 돌리고

오키나와의 바다

일본의 바다

그걸 나누는

북위 27도선은

파도에 녹아

잭나이프처럼

우리 마음에

상처를 주는 구나.

내가 이 시를 쓴 작가를 만난 것도 1965년 봄 첫 오키나와 여행 때였다. 오키나와로 가기 전에 시인에 대한 정보를 조금 가지고 있었다. 그는 1950년 설립된 류큐대학의 제1회 입학생이다. 시인이 그해 입학한 것은 상징적이다. 왜냐하면 1950년은 "미국의 안보 방어선은 알류샨열도, 일본, 오키나와, 필리핀이다"라는 애치슨 국무장관의 연설이 있었고, 한국전쟁 발발에 따라 오키나와가 완전히 노골적으로 '미국의 안전보장' 기지로 새로이 중요한 역할을 맡게 되었으며, 시인은 말하자면 학생 입장에서 류큐대학을 일구어 낸 사람이기 때문이다. 그는 《류대문학》(琉大文學) 창간에 참여하여 시인으로서 자신을 발견하고 그 이상의 것을 인식하게 되었다.

핵기지 오키나와의 나하 시 거리에서 원폭 전시회를 통해 히로시마와 나가사키에서 경험한 원폭의 비참함을 처음으로 보여 준 것은 류큐대학 학생들이었다. 오키나와에는 일하러 가서 피폭되어 귀향하거나 원폭 관련 질병에 대한 전문적 치료로부터 완전히 격리된 수많은 사람들이 증인으로 생존해 있다. 하지만 원폭증에 대한 정확한 지식을 얻을 방법이 없어서 피폭자들 대부분이 침묵하고 있다. 침묵한 채 새로운 핵전쟁을 준비하는 기지 오키나와에서 죽은 안타까운 피폭자가 있음을 굳이 말할 필요조차 없다. 전후 최초로 나타난 오키나와 민중의 총체적 저항운동이었던 1956년의 토지문제 투쟁에서도 류큐대학 학생 여섯 명이 퇴학 처분, 한 명이 근신 처분을 받았다. 그 가운데 네 사람이 《류대문학》 동인이었다.

시인은 류큐대학과 《류대문학》을 거쳐 오키나와 현지 신문사에 들어갔다. 처음 만났을 때 그는 이시가키(石垣) 섬에서 신문 지국 책임자로 일하고 있었다. 그는《류대문학》에 시를 쓸 때부터, 이시가키 섬을 거점으로 여러 섬을 돌아다니며 지리지를 쓰면서 기샤바 에이준(喜舍場永珣)의 종합적인《야에야마 민요지》(八重山民謠誌) 작업을 돕고 있었다. 1965년인 지금까지 일관된 삶을 살아왔음을 금방 알 수 있는 개성 넘치는 인물이다.

시인은 오키나와 복귀운동의 본질적 의미에 관해 거의 무지했던 나에게, 그 무렵 이시가키 섬만이 아니라 오키나와 본섬에서도 극복되지 않고 있던 '엄마 품속으로 돌아간다'는 발상이 역사적으로나 현실적으로나 미래 전망으로 보나 기만임을 분명히 말했다. 또 시인의 동료 가운데 한쪽 부모가 본토 출신인 한 청년은 때때로 오키나와 혈통보다 교토나 나라 혈통을 자기 핵심으로 삼고 싶어 한다며, 증오는 아니지만 혐오감을 가지고 말했다. 시인 자신도 본토 출신의 교육자 어머니한테서 태어났다. 하지만 그는 오키나와 사람으로서 자신을 완전히 수용하고 살아가고 있었다. 게다가 이시가키 섬을 거점으로 오키나와 본섬과 일본열도를 똑똑히 응시하며 살아가는 인간이었다.

야나기타 구니오(柳田国男), 오리쿠치 시노부(折口信夫), 이하 후유(伊波普猷)의 상상력과 민중들의 상상력이 혼연일체가 되어 어둠과 파도 소리를 타고 나타나는 것 같은, 야에야마의 한밤에 시인한테서 받은 감명은 아직도 생생하다. 오키나와에서는 낮에 노동절 집회가 금지되자 사람들이 밤에 모여 노동절을 축하했다. 시인이 노래하던 그 암흑 속 노동절은 내 마음속 이시가키 섬의 절대 암흑과 어우러져, 어

쩌면 그가 타전하는 것일지 모르는, 이시가키 섬의 거센 태풍 소식을
라디오로 듣고 있는 밤이면 언제나 나를 사로잡는다.

어둠 속에서
깃발이 흔들린다.
잔뜩 옻칠을 한
슬픈 깃발이
밤에 동화된 증오를 싣고
마구 흔들린다.
비는
밤을 더 어둡게 하려는지
주룩주룩 내리고
어둠은 칠흑 같은 밤을 만든다.
이때
굴욕의 역사를 마감한다.
깃발은 어둡고 어두운
밤의 무게를 견디며 펄럭이고
돌팔매 같은 비를 튕겨 내면서
붉은 피를 제 손으로
다시 찾기 위해 얼굴을 들고
소리 없는 행진을 함께 노래하누나.

1969년 가을 이시가키 섬을 다시 방문했을 때, 나는 첫 방문에서 저지른 온갖 착오를 바로잡아야 했다. 하지만 그 힘든 두 번째 여행에서도 시인의 인상에 관해서는 전혀 생각을 바꿀 필요가 없었다. 그는 여전했다. 온화하지만 강인하게 지속하고 있었다.

나는 시인이 운전하는 지프차를 타고 목욕탕 보일러에 기름을 넣고 불을 때고 있는 45세의 피폭자를 만나러 갔다. 회반죽을 칠한 붉은 기와지붕과 대나무로 엮은 초가지붕, 검은 돌담과 확연히 구분되는 짙푸른 바다를 바라보면서, 피폭자 수첩을 가지고 있으면서도 활용할 수 없는 환경에 놓인 그 피폭자가 말했다. 해군에서 파견 나간 나가사키 어뢰공장에서 일하다 피폭되어 전신에 유리 파편이 박혀서는 고향으로 돌아왔으나, 다라마(多良間) 섬의 척박한 땅을 경작하는 중노동을 견딜 수가 없어서 레미콘 일을 했고 지금은 목욕탕 보일러 일을 한다고 했다.

또 51세 피폭자 농민의 아내는 남편이 나가사키에서 피폭되어 간장애가 있긴 하지만 파인애플, 사탕수수, 논, 가축을 내버려 두고 히로시마 원폭병원까지 간다는 건 사실상 경제적 자살이라고, 후쿠기나무 아래서 말에게 풀을 뜯기면서 말했다. 사실 그때 태평양을 사이에 두고 사토 수상과 존슨 대통령의 회담이 진행 중이었다. 나는 복귀 문제는 말할 것도 없이, 현실적으로 피폭자들이 제대로 된 원폭증 치료의 기회도 없이 살아가는 오키나와와 바로 그 땅에 있는 핵기지 문제에 대해서도 밝은 전망을 가질 수 없었다. 피폭자와 가족, 그리고 아무런 환상도 없이 이시가키 섬에서 오키나와 본섬과 일본열도를 직시하고 있는 시인 사이에서, 나는 스스로 정말 무력한 바보라고 느낄 수밖에 없었다. 이번 봄에 다시 만난 시인은 여전히 변함없이 일본과 일본인을 거절할 필요가 있다고, 거절해야 한다고 말했다. '자네는 뭐 때문에 오키나와에 오는가?'라는 물음이 바로 거절의 언어임을 분명히 알려 준 사람이 그 변함없는 시인이다. "추한 일본인이라는 고발도 연대를 위한 위장술에 지나지 않는다. 거절하는 것, 그것이 바로 출발점이다"라고 시인은 온화한 낯빛을 띠며 말했다. 나는 미소를 잃어버린 채 그 메시지를 뼈아프게 받아들인다.

나는 예전에 미국에서 핵전략 전문가와 이야기를 나누던 이상한 경험이 떠올랐다. 그는 연필로 극동 지역의 지도를 그렸다. 그런데 일본열도가 오키나와의 10분의 1에도 못 미칠 만큼 작았다. 생각해 보면 핵전략가의 머릿속에서 나온 너무나 자연스런 지도였을 뿐이다. 핵 시대를 살아가는 오늘날 희생과 차별의 총량에서 오키나와는 일본 전체, 아니 그보다도 더 크고 무거운 짐을 짊어지고 있다. 이시가키 섬에서 어떤 환상도 없이 거절의 눈으로 동쪽을 바라보는 시인의 냉철한 머리는, 일본의 실체가 오키나와라는 존재 뒤에 숨어 슬그머니 오키나와로 편입하여 이처럼 '거짓' 자립을 하고 있는 상황을 꿰뚫고 있다. "일본인이란 무엇일까? 지금과는 다른 일본인으로 나 자신을 바꿀 수 있을까?"라며 얄팍한 마음으로 고민하면서 오키나와 공항이나 항구에 닿을 때, 내 머릿속 지도에서도 일본은 오키나와에 속한다.

(1969년 6월)

《야에야마 민요지》 1969

나는 벗을 그리워하는 심정으로 시인이자 신문기자인 그를 생각한다. 그는 이시가키 섬에서 오키나와 본섬과 일본열도를 바라보고 있다. 순간순간의 다양한 이시가키 섬의 풍광을 배경으로 까무잡잡하고 작은 몸집에 엄밀함과 재치 있는 유머를 지닌 그 친구, 내성적인 눈을 가진 그의 몸짓과 표정도 떠올린다. 당연한 일인지 모르겠지만, 내 이미지 속 그가 점점 침울한 분노와 극도의 긴장감을 드러내며 이시가키 섬의 어두운 밤바다를 응시하는 사내로 변하면서 내 마음속에 도 두려움이 인다. 격앙된 말투로 내 취약한 부분을 헤집으며 규탄하던 목소리를, 반박도 못 하고 그저 아픔으로 받아들이던 힘든 시간의 기억이 아물지 않은 상처로 남아 있다. 실제로 나는 그의 온화하고 착실한 실천 속에서 이루어진 일들을 접할 때마다 그 상처가 쑤셔 온다. 더구나 그 아픔은 '바보 녀석!' 하며 자책하는 자기혐오이고 타인에게 말할 수 없는 수치스런 병이 주는 통증이다. 주제넘게 내 아픔이 시인의 깊은 절망과 분노와 이어져 있다고 말할 생각은 없다. 오히려

이 아픔은 내가 단박에 그 시인한테서 거절당했다는 사실을 확인시키는 통증임에 틀림없다.

실제로 만나 이야기 나눌 때면 그는 온화하고 과묵했다. 처음 만났을 때 그가 한 말을 다 합친다고 해도, 다음 만남이나 이번 봄, 벌써 여름으로 접어든 나하 시에서 세 번째 만나 이야기한 양과 거의 비슷하다.

애초부터 그는 첫 만남에서 한 말을 자신의 존재로 지탱하면서 이시가키 섬에서 변함없이 지내고 있었다. 그가 한 말이 점점 더 무거워지고 그 예리한 끝이 나의 핵심까지 다가오고 있음을, 다시 재회한 과묵한 시인 앞에서 인정할 수밖에 없었다. 마치 백신을 접종한 사람이 나중에 의사와 만나 상황을 보고하듯이.

사실 시인의 처지에서 본다면 굳이 새로운 말들을 보낼 필요가 있을까 싶다. 오키나와와 일본 본토의 상황에 대한 관찰과 비판의 기본적인 방향은 변하지 않았다. 그 상황이 내포하고 있는 파멸적인 독소가 더욱 분명해질 뿐이다. "글자 그대로, 굳이 왜 새로운 말의 낭비가 필요하겠는가? 자네 마음속에 정말 그런 말들이 들어가 있는 건가? 그래서 자네 스스로를 바꾸었는가?" 하고 끝없이 나에게 질문하는 것으로 충분했다. 하지만 오히려 그는 과묵하게 미소 짓고 있었다. 격분한 사내한테 맞는 것보다도 더 세게 얻어맞은 듯이, 나는 온화한 시인의 표정과 그 속에 있는 무언가와 대면한다.

나는 지금 시인의 마음속에 어떤 것이 존재하고 있는지, 그것이 어떻게 샘처럼 끊임없이 솟아나는지, 솟아난 것이 어떻게 견고한 핵을 지닌 화산처럼 굳어 가는지를 전달하고자 한다. 시인으로서 특징을 살리면서 협력한 기샤바 에이준(喜舍場永珣)의 《야에야마 민요지》, 이시가키 섬에만 머물지 않고 온갖 외딴 섬을 돌아다니며 집요한 신문기자의 능력을 발휘한 《신 남도 풍토기》(新南島風土記, 《오키나와 타임스》에 게재)를 읽어 가면서 구체적으로 보여 주고 싶다. 나는 먼저 《야에야마 민요지》를 읽고서 주석의 세부에 뭔가 명료한 방향성을 지닌 메시지가 숨어 있음을 알게 되었다. 그리고 《오키나와 타임스》의 지난 호를 하나하나 찾아 읽고서는 그 메시지가 담고 있는 전체적인 모습을 알게 되었다. 나는 시인뿐 아니라 노학자 기샤바 에이준, 그리고 야에야마 민중들이 역사와 현재의 접점에서 벌떡 일어나서 노래 부르는 광경이 마치 '눈앞'에 펼쳐지는 느낌이 들었다.

《야에야마 민요지》에는 실제로 야에야마, 특히 이리오모테(西表) 섬에서 부르는 사키야마부시(崎山節)의 원곡이 수록되어 있다. 이처럼 역사에 단단히 뿌리를 내린 채 지금까지 생생히 살아 있는 민요를 집대성하고 있다는 점에 특별한 의의가 있다.

오키나와 민요가 지금껏 이어진 이유는 자비센(蛇皮線, 뱀가죽을 사용한 오키나와 민속 악기, 샤미센의 원형―옮긴이)이 살아남아 민요를 과거의 유물로 만들지 않았기 때문이라 한다. 하지만 그것을 넘어 오늘날 오키나와의 상황이 민요가 담고 있는 내용과 호응하면서 내부에서 민요를 살아 있는 것으로 만들었다고 할 수 있다.

여하튼 사키야마부시 원곡은 이렇게 시작된다.

사키야마 새 마을을

짓고 있어요.

그리고 번역하여 행을 나누고 단락을 이어 산문 형태로 표기하면
다음과 같은 내용을 담은 24절 장가(長歌)가 된다.

사키야마라는 마을을, 창건한 것은, 벼슬아치 아무개 아전이 건설
한 것일까, 뭐 때문에 무슨 까닭에 새로 마을을 창건한 것일까?

좋은 포구 누바마(野浜)가 있고, 비옥한 모래사장이 있기에, 하테
루마(波照間) 섬, 시타야에야마(下八重山) 섬, 그곳에서, 여자 200명과
남자 80명이, 강제이주 명령을 받았다네. 누구누구가, 누구누구와 하
고, 걱정하고 있는데, 나도 이주자 가운데 하나로, 이 사람 저 사람들
과, 강제로 쫓겨나게 생겼네. 부디 간청하나니, 부디 간청하나니, 나으
리, 살려 주세요, 가엾다 동정해 주세요, 나으리.

이건 나 혼자 결정이 아니야, 내 생각도, 아니었어, 황송하게도 나
라님의 명령, 임금님 어명이라, 절대적이라네, 면제해 줄 수도, 동정해
서 놓아 줄 수도, 없다네.

하늘에서 내리는 비, 수없이 많은 빗방울이, 내리면, 삿갓을 쓰고,
도롱이를 걸치면, 방해가 될까 봐, 울고불고, 터벅터벅, 이주 명령을
받은 이곳, 산꼭대기 쉼터에 올라가서, 부모님 계신 하테루마 섬, 태
어난 고향을, 바라보니, 우리 어머니, 날 낳아 주신 어머니 그리운 얼
굴을, 바로 눈앞에서 보는 것 같아, 가만히 보고 있으니, 눈물이 흘러,

보이질 않네, 손을 뻗어 잡으려 해도, 바다 저 멀리, 닿질 않구나, 울고 불고, 투덜투덜, 이주지로 돌아왔네.

앉아서 사는 동안, 서서 살아가는 동안에, 살고 있는 사키야마 마을이, 살고 있는 이 섬이, 살면서 고향이 되었구나.

민요로서의 언어 성립과 음악적 성격에 관련된 부분을 제외하고, 주석은 명확하게 "이리오모테 섬 서북부에 촌락이 없어 외국배 감시와 난파선 구조를 위해서, 누바마라는 비옥한 토지와 좋은 포구가 있어서, 비옥한 사질 토양의 평야와 양전 지대를 개척하기 위해서, 인구 조절을 위해서라는 네 가지 조건 때문에 강제 이민을 단행했다"고 한다. 현재는 노래만이 역사와 현재로 이어 주는 "사키야마 폐촌은 도호사키야마(요나구니[与那国]) 항구 방면의 해안이 급경사라서 마을을 건설할 만한 곳은 아니다. 게다가 심각한 말라리아로 폐촌이라는 비극을 맞이했다"고 한다. 또 하테루마 섬에서 온 사람들이 부른 노래이기에 다른 섬에서 이주자는 오지 않았다고 설명하면서 "처음 들어설 당시 인구가 459명이었지만, 7년 뒤인 1761년에는 382명으로 줄어들었다. 위생 설비가 전무하고 풍해, 기근, 가뭄, 전염병 말라리아의 맹습으로 인구는 해마다 감소하여 1873년에는 불과 64명으로 격감하였고, 1942년 조사에 따르면 38명이었다"고 18세기 중반부터 오늘까지 이어지는 비참한 굵은 선을 그어 보였다.

시인으로서 노학자의 연구를 돕던 무렵, 그는 신문기자로 이리오모테 섬에 가서 "한 섬이면서 섬을 동서로 나누는 산들 때문에 왕래를 거부당하고 고립되어 외로운" 이 섬에 살쾡이가 산다는 정글을 답사했다. "폐촌의 길, 강제 이주로 마을을 세웠지만 풍토병 말라리아의 맹위 앞에서 사라져 간 슬픈 역사의 흔적"을 확인하였다. 구니가미(国頭)에만 산다운 산이 있는 오키나와 사람들이 산으로 이루어진 이리오모테 섬을 제대로 이해할 수 있을지 우려한 것으로 알 수 있듯이, 시인은 본토 일본인이 아니라 오키나와 본섬 사람들을 고발하려고 이리오모테 섬의 상황을 정확하게 전달했다. 이시가키 섬에 자리 잡은 시인이며 신문기자인 그는 "오키나와 본섬 사람들이 종종 야에야마를 '야키'의 섬이라고 부르는 일이 있다. '야키'는 예전부터 야에야마 사람들을 괴롭히고 수많은 인명을 빼앗아 간 풍토병 말라리아를 가리킨다"면서 오키나와 본섬과 야에야마의 단절을 확실하게 제시했다.

강제 이주로, 또 "1637년부터 1903년까지 260여 년에 걸쳐 야에야마 사람들은 '인두세'로 철저히 착취당했다. 이 악랄한 제도로 고통받은 사람들의 비통한 절규가 이런저런 민요로 불리면서 오늘날까지 남아 있다"며, 이 섬에 사는 민중들이 실제로 부르는 민요가 환기시키는 바를 말하고자 했다.

기샤바 에이준 씨가 중심이 되어 편찬된 《야에야마 역사》는, 제2차 세계대전 이후 처음으로 야에야마의 민의를 묻는 총선거가 실시되어 구성된 야에야마 군도 정부 시절에 "류큐는 사쓰마의 그토록 교묘한 착취 수단이었던 인두세라는 가혹한 착취 수단을 가지게 되었다"라고 인용하는 대목에서 그 고발의 창끝은 바로 일본 본토를 향했다.

따라서 야에야마에서 오키나와 본섬을 향해 의문의 목소리가 터져 나오는 한 나는 그 목소리가 들리지 않는 곳에 머물 수 없다.

시인이 가장 좋아하는 민요는, 이리오모테 섬에 서식하는 야쿠자마 게를 학대받는 민중으로 가정하여 "억압하는 자에 대한 날카로운 풍자"와 "서민의 끈질긴 유머를 모태로 한 풍자"를 담은 야쿠자마 가락이다. 그는 섬 여인숙의 어두운 등불 아래에서 그 민요가 '살아 숨 쉬고 있는' 장면을 목격하였다. 게 중에서 가장 힘센 꽃게가 아니라 야쿠자마 게가 자신의 집게발이 짓밟힐까 봐 어디에 의지해 안전을 꾀할까, 뿌리가 여기저기 퍼져 있는 히루기나무 숲으로 도망칠까 어쩔까 고민하는 이 민요를 이리오모테 섬의 현실과 겹쳐 생각한 것이다. 그는 야에야마 민요 전체를 제시하고, 이하 후유의 말을 인용하여 "야에야마 사람만이 아니라 '4백 년 동안 전제정치 아래에서 신음하고 외딴 섬의 고통을 맛본 남도 사람,' 바로 오키나와인들의 심정을 토로했기에 오늘날의 우리에게도 와 닿는 게 아닐까" 하고 자신의 감회를 말했다.

나는 시인이며 신문기자인 친구의 과묵한 현장 보고와 침묵 사이에 팽만해 있는 엄청난 압력의 한 부분을 앞서 인용한 글로 대신한다. 신문 지상에 실리고 버려지고 잊히는 그런 것이 아니라, 그의 지속은 침묵으로도 없어지지 않는 말로 이 문장을 지탱하고 있으며, 침묵과 과묵한 말의 내부에 항상 존재하고 있음을 알아야 한다. 그가 고발하는 상황이 해결은커녕 오히려 가려지고 노골적으로 심각해지기에 그의 말은 폭발력을 가진다. 온화하고 침묵하던 그는 큰소리로 부르짖지 않고, 오히려 "네가 야쿠자마 게의 처지인 내 말을 진심으로 받아들였는지, 나는 그게 의심스럽다. 도대체 본토 일본인 그 누가 지금 야쿠자마 게의 말을 받아들이겠는가?" 하고 추궁했다고 때때로 나는 생각한다.

그처럼 그리운 추억에서 조금 더 나아가면, 내 이미지 속 시인이며 신문기자인 아라카와 아키라(新川明) 씨는 점점 침울한 분노와 극도의 긴장감을 드러내며 이시가키 섬의 어두운 밤바다를 응시하는 거절의 모습을 띤 남자로 변해 간다.

그날 이후로
고향은 남쪽 바다에서
한 마리 뱀이 되었다.
뱀이 원자폭탄의 소용돌이에 휩싸인 채
버둥거리며 몸부림칠 때
고향에서 살 수 없는 우리는
조국의 길거리에 서서
거칠고 사나운 매가 되어
남쪽 하늘을 노려본다.

나는 오키나와에서 갑자기 찾아오는 침묵의 고통을 거듭 맛보았다고 앞에서 썼다. 오키나와에서 다시 만날 때마다 점점 더 과묵해지고 점점 더 침묵하는 지인들에 대해서 나는 다시 이야기해야만 한다. 그러한 침묵에 이르는 과정에, 말 혹은 말 없음의 충격, 그리고 그것이 주는 내면적 우울함과 마찬가지로 무서운 복병인, 오키나와에서 자주 듣는 막연한 표현에 대해 언급해야 한다. 그것은 나에게 '아아, 여기 또 함정이 있네. 밑에서 괴물이 이빨을 드러내고 있네' 하는 경각심을 불러일으키는 신호이다.

실제로 오키나와에서 특별한 신호인 그런 막연한 표현을 만날 때마다 나는 무력감과 혐오감에 시달리며 상대방의 얼굴을 자세히 살펴보게 된다. 막연하고 모호한 표현은 의미와 내용, 말하는 사람의 태도, 직접 말하고 싶은 주장의 방향성도 저마다 다양했다. 하지만 그러한 다양성을 넘어 오키나와에서 막연하고 모호한 표현이 사용될 때는 언제나 노골적인 말로도 다 담아 낼 수 없는 무거운 사실을 드러냈다. 드디어 어느 날 조간신문에서 나는 항상 막연하고 모호한 표현으로 암시되던 것이 분명한 사실, 너무 무거운 사실, 그리고 앞으로도 계속 무거운 사실로 있을 것임을 확실히 깨닫게 되었다.

오키나와에서 막연한 말과 모호한 표현은 색을 덧씌우고 나뭇잎을 꽂아 감추는 위장망 역할을 하고, 위장망은 항상 그 속에 이상하고 엄청난 실체를 숨기고 있다. 게다가 그 위장망은 벗겨졌을 때 숨긴 사람들이 놀라서 당황하는 그런 것이 아니다. 위장망이 벗겨져 실체가 드러나면 사람들은 두 가지 태도를 보인다.

하나는 "아니, 여기 드러나 보이는 것은 사실 실재하지 않아. 실재하지 않는 이상 그것이 거기에 실재하는지 어떤지를 조사해서는 안 돼. 우리가 분명히 말할게. 그건 실재하지 않아"라는 태도이다. 또 하나는 여하튼 솔직하긴 하다. "그래, 위장망 속에서 이런 괴물이 나타났어. 괴물을 괴물인 채로 그대로 내버려 둬. 괴물을 정당화시키고 보강하는 모든 공작은 우리가 할게. 그리고 이 괴물은 너희 섬보다도 훨씬 거대한 괴물인데 너희가 뭘 할 수 있겠어? 위장망이 벗겨져 이미 괴물은 드러났어. 너희는 거기 익숙해져야 해. 아아, 너희들은 모르는 편이 좋았어. 그렇지 않아? 릴리퍼트(소인국) 주민 제군들!"이라며 걸리버처럼 뻔뻔스럽게 말한다. 정말이지 똑같은 뻔뻔함이 오키나와에서 몇 번이나 되풀이되어야 하는 걸까?

B-52전략폭격기도 처음에는 말의 위장망 속에 가려져 있었다. 태풍을 피해 임시로 괌에서 오키나와에 온 것일 뿐이라고 했다. 그러나 B-52전략폭격기는 오키나와에 상주하면서 베트남으로 바로 폭격 비행을 갈 수 있도록 점점 강화될 것이라고 누군가가 막연한 표현으로 웅성거렸다. 그리고 1968년 11월 1일 린든 존슨이 베트남 북폭 전면 중지 명령을 내렸을 때, 오키나와에서는 이미 위장망을 벗겨 낸 B-52 전략폭격기가 수시로 발진하는 모습을 의지만 있다면 누구나 눈으로 바로 확인할 수 있었다. 그런 사실에 입각하여 11월 3일자《류큐신보》는 가데나(嘉手納) 기지에 전에 없이 50대나 되는 대량의 B-52전략폭격기가 날아다니고, 남베트남 폭격 비행이 계속되고 있다고 완곡하게 보도했다. 그것은 북폭 중지가 어떤 의미에서든 오키나와에 평화를 가져오지 않는다는 사실을 막연하지만 정확한 방향으로 전달하는 보도임을 알 수 있다.

그리고 3주도 채 지나지 않아서 막연하게 회자되던 불안이 너무나 적나라하게 현실화되었다. "가데나 비행장에서 발진하려던 미군 전략 폭격기 B-52가 충분히 상승하지 못한 탓에 속도를 내지 못하고 비행장 동쪽 탄약 반입 게이트 부근에 추락했다. B-52는 탄약을 싣고 있었던 것으로 보인다. 추락과 동시에 십여 차례 대폭발을 일으켜, 활주로에 인접한 16호선 도로와 지바나(知花) 탄약 창고 일대는 불바다가 되었다."

불바다는 B-52전략폭격기가 도대체 오키나와 민중들에게 어떤 위험을 초래하고 있으며 또 초래할 것인가를 둘러싸고 그때까지 모호하게 이야기되던 모든 사실을 한순간에 확실히 보여 주었다. 거기서 머물지 않고 불길한 불바다는 미사토(美里) 마을에 핵무기 저장고가 있다는 막연한 소문도 거의 확실한 사실임을 드러냈다. '거의 확실한'이라고 표현한 것은, 그것을 오키나와 민중이 확인하는 것을 전제군주인 걸리버가 거부했다는 의미에 불과하다.

그럼에도 오키나와 미군기지의 핵무기 저장을 둘러싼 막연한 표현은 변함없이 이어졌고 그것을 유언비어라고 의심하는 사람은 더 이상 없었다. 하지만 확인할 방법이 차단되어 확실히 단정하지 못하는 것을 《류큐신보》가 다음과 같이 보도하였다. 보도 결정은 B-52전략폭격기 추락 화재로 한밤중에 굉음과 불길에 놀라 두려움에 떨면서 어쩔 줄 몰라 허둥대던 오키나와 민중들 내면에서 핵무기 덩어리를 뜻하는 불안과 공포가 이미 모호함 속에 숨겨 둘 수 있는 허용치를 넘어섰음을 의미한다.

오키나와에 핵무기가 배치되었다는 관측은 이전부터 있었는데, 가데나 공군기지 인근 미사토 마을에 있는 지바나 탄약 창고 지하실 여섯 곳에 분산 저장되어 있다는 미확인 정보가 거의 확실시되고 있다. 19일 가데나 기지 관계자에 따르면 핵무기 저장 지하실은 이중 삼중으로 둘러싸여 평소에도 엄중한 경계가 이루어지고 있다고 한다. 또 19일 새벽에 발생한 B-52 폭발 화재 사건 때도 탄약 창고 앞에 엄중한 경계가 펼쳐졌다. 관계자는 '만약 핵 저장고에 영향을 미쳐 대폭발을 일으켰다면 오키나와 전체가 날아갔을지 모른다'며 두려움을 전했다.

그러나 말로서 하는 추궁은 거기서 벽에 부딪친다. 오키나와 핵무기 실재를 둘러싼 말이 막연하고 모호한 단계에서 점점 분명하고 정확하고 예리해져 갔다. 드디어 말이 확실하게 핵심을 찌르고 위장망은 벗겨졌다. 이제 오키나와 민중은 핵무기의 존재를 구체적인 모습으로 파악하게 된다. 하지만 그것으로 추적이 끝났다. 벽에 부딪친 머리는 여기 실제로 핵무기가 있다는 인식과 함께 미군은 확인할 기회를 주지 않고, 본토 일본 정부는 침묵하거나 대놓고 '시치미'를 떼고, 민중운동은 아직 핵무기를 철폐할 만큼 힘이 없기에 더 이상 전진할 수 없다는 생각에 신음한다. 걸리버는 그 앞을 가로막고 "알아서 무슨 도움이 됐어. 불안과 공포의 독소를 더 강하고 확실하게 나를 위해 다시 조합한 것뿐이잖아, 릴리퍼트 주민 제군들!"이라고 말한다.

그에 앞서 나하 항 개펄에서 코발트-60이 발견됐을 때도, 진행 상황이나 갑자기 벽이 가로막아서는 사정은 마찬가지였다. 원자력잠수함이 나하 항에 자유로이 드나들면서 1차 냉각수를 계속 방출했다. 오키나와 원수협(原水協, 1956년에 결성된 반핵·평화 단체 원수폭금지일본협의회 오키나와 지부—옮긴이)은 자신들이 채취한 해저 흙에서 미국·오키나와 합동조사 결과보다 몇 배나 많은 코발트-60이 검출된 사실을 증명했다. 이미 코발트-60을 축적해 온 어패류에 대해 막연히 웅성거리던 말이 명확한 증거를 갖추게 되었다. 미군과는 별도로 류큐 정부도 독자적인 방사능 조사를 위한 시스템을 갖추기 시작했다. 코발트-60이 축적되었을 가능성이 높은 어패류를 실제로 먹어야 하는 민중들이 미국·오키나와 합동조사를 의심하기 시작했기 때문이다.

나하 군항에서 일하는 잠수부들이 몸에 이상을 호소했다. 코발트-60에 오염된 진흙을 계속 채취하여 체내에 오염을 축적시킨 물고기 틸라피아와 섭조개를 확인했다. 하지만 그것으로 끝이다. 미군은 잠수부들의 이상이 방사능과 관련 없다고 단언하고서 그들을 본토 원폭병원으로 보내려던 전군노의 계획을 가로막았다. 막다른 벽에 부딪친 머리는, 오키나와 민중이 원자력잠수함의 입항을 거부할 힘을 가지지 못하면 항구 개펄 오염과 어패류의 코발트-60 축적은 계속될 수밖에 없다는 무시무시한 인식을 가질 뿐이다. "어때, 틸라피아를 낚아 올리고 섭조개를 억지로 벌리고 항구 바닥 진흙까지 파헤치고 조사해서 너희는 불안과 공포의 대상을 확실하게 알았겠지만, 그래서 무슨 성과가 있었어?" 하고 조롱하는 목소리가 막다른 벽에 부딪친 머릿속에 울려 퍼지고 있다. "처음부터 위장망 속 괴물을 물리칠 방도도 없이 굳이 왜 위장망을 벗긴 거야?" 계속 막다른 벽에 부딪치는 머릿속에 뭐가 침전하는 것일까? 코발트-60의 오염만큼이나 씻어 낼 수 없는 그 무엇이 침전하는 것일까?

내 사고방식이나 감각의 저변에는 스스로 통제할 수 없는 위험하고 깊숙한 늪으로 들어가는 염세적인 경향이 있음을 인정한다. 그와 동시에 마치 균형을 이루듯이 백과사전파적인 것에 도달하고 싶어 하는 생각과 감각 그리고 자기 식으로 의미를 부여하고 설명하는 태도를 생존 수단으로 삼고 있다는 점도 인정한다. 그것은 모호한 말이나 막연한 말이 암시하는 상황 때문에 고통받는 것보다 명료하고 분명하게 확인하는 편이 대처하기 쉽다는 예측이다. 또 흐릿한 어둠 속의 어떤 현실을 또렷이 인식하는 것은, 그것을 극복할 방법을 이미 찾은 것이라고 판단하는 태도이다.

그러나 내가 오키나와에서 끊임없이 만나게 된 상황들은 앞에서 밝힌 나의 낙관주의를 가차 없이 뒤집어 버리는 힘을 가지고 있었다. 모호한 말로 막연한 표현으로 암시하고 있는 것의 실체가 분명해졌을 때, 경악과 분노가 있고 막다른 벽에 가로막혀 피를 흘리는 머리가 있을 뿐이라고 인식하게 되었다. 이만큼 인간을 광적인 절망의 늪으로 빠뜨리는 것이 있을까? 광기에 빠지는 것을 용인하지 않는 강인한 정신은 분노를 내면에 응축시킨다. 그 응축된 분노는 쉽게 말로 나오지 않는다. 자신의 머리가 세게 부딪친 그 벽에, 머리를 부딪칠 일이 없는 타인에게 그 축적된 분노를 어떻게 전달할 수 있겠는가?

오키나와 사람들은 오키나와를 처음 방문한 본토 사람에게 그처럼 명확한 벽의 존재에 대해 이야기한다. 오키나와를 다시 방문한 사내에게는 "그 벽이 아직 그대로 실재하고 있어"라고만 할 뿐 더 이상 아무 말도 하지 않는다. 오키나와에 사는 사람들이 여행자의 호기심을 자극하는 새로운 잔혹 이야기를 끝없이 되풀이할 필요는 없다. 첫 번째 벽이 나타났고 넘기 힘들다는 사실도 드러났다. 따라서 이야기를 들은 사람이 첫 번째 벽을 넘는 방법을 자신의 문제로 생각하지 않으면, 두 번째 벽 이야기를 한들 아무런 소용이 없다. 그래서 진정으로 오키나와에 뿌리를 내리고 살아가는 사람들은 거절의 침묵으로 자신의 핵심을 더욱 견고하게 만들어 간다. 오키나와 사람의 본질에 바탕을 둔 시인의 지속과 침묵은 점점 더 단호한 거절의 힘을 지닌 침묵으로 변해 갔다.

이번 4·28 나하 집회가 열리기 직전 해질 무렵 광장에서 만난 지인이 이렇게 물었다. "자네, 작년 여름 구시카와(具志川)임해학교에서 초등학생 237명가량이 피부염을 일으킨 사건 알고 있지?" 나는 그 사건을 알고 있다. 그리고 원인이 제대로 규명되지 않고 있다는 신문 보도와 함께 같은 지면에 원수협 보트가 방사능 오염을 조사하려고 해저의 흙을 채취하는데 미군 상륙함(LST)이 저지했다는 기사가 실린 것도 기억한다. 하지만 지인이 묻는 말의 핵심은 다음에 있었다. 교사가 '이펠리트(ypelte) 독가스 증상일지 모른다, 베트남에서 미군이 사용한 독가스 때문일지 모른다'고 해서, 아이가 방사능에 오염되자마자 극도로 불안해 한다며 굳이 아이들에게 그런 걸 가르칠 필요가 있나는 얘기였다.

물론 그 지인은 교사들을 선동가로 보지는 않는다. 그저 아버지로서 걱정하는 것일 뿐이다. 화학과 세균, 방사능 같은 끔찍하고 공포스런 무기를 전문으로 하는 미군의 화생방 부대가 오키나와에 실제로 존재한다는 것을, 그가 모호한 표현이지만 책임 있게 말한 적이 있다. 나는 그 사실을 알고 있다. 단지 아버지로서 그는, 구시카와 바다에서 헤엄칠 필요도, 나하 주변에서 잡은 어패류를 먹을 필요도 없는 본토에서 온 여행자인 나에게, 자신이 절망적으로 부딪쳤던 그 벽에 아이 머리까지 부딪치게 하는 걸 어떻게 생각하는지 물어본 것뿐이다. 나는 대답 대신에 힘겨운 침묵의 시간을 가졌다. 본토 일본인은 오키나와 화생방 부대의 위협이 없는 땅에서 원자력잠수함의 자유로운 출입에 대한 방호책을 대충은 갖추고 살고 있다. 지인은 '하지만 아이와 나는 여기서 이 문제를 어떻게 짊어지고 살아가야 할지 고민해야 하니까' 하고 말하려 한 것이다. 그 질문에 내가 어떤 대답을 한다 해도 그 말에는 수치심이 분명 각인될 것이다.

그리고 7월 18일 신문에서 지인은 다시 분노를 터뜨리며 오키나와 사람에 대한 모욕이라고 말했다. 《월스트리트저널》이 열흘 전에 오키나와에서 발생한 치명적 신경가스 누출 사고를 밝혀내어 오키나와 화생방 부대에 관한 막연한 소문과 모호한 이야기의 실체가 적나라하게 드러났기 때문이다. 하지만 아무리 공포를 호소하고 분노를 터뜨려도 뚜렷한 성과가 없다. 그런 발언을 거듭 되풀이해야 하는 상황 속에서, 작가는 자신의 말이 공포와 분노를 충분히 표현할 수 있을까

하고 의구심을 가졌을 것이다. 그래서 무거운 납추처럼 영혼을 관통하는 모욕이라는 말을 그는 사용했을 것이다. 이튿날에는 분노의 흥분이 조금 가라앉고, 그다음 날에는 공포를 호소하는 목소리를 내기보다는 우울한 침묵을 선택한 그의 평소 일상이 다시 시작될지도 모른다. 그러나 모욕은 산성 물질처럼 부식시키는 힘이 있다. 그것은 그의 마음속에 깊은 상처를 내면서 결코 멈추지 않을 것이다.

22일 미국 국방부는 오키나와 독가스가 VX가스가 아니라 그 10분의 1의 위력만 지닌 GB가스이며(하지만 2.5킬로그램을 장진한 탄환으로 축구 경기장 2개 면적의 주민을 모두 죽일 수도 있다), 오키나와에서 철거할 예정이라고 아주 관대하게 발표했다. 그러나 모욕의 기억은 사라지지 않는다. 그는 모멸감과 함께 살아간다. 또 국방부는 이미 존재가 드러난 핵무기와, 지금은 막연한 표현의 암시이지만 결국에는 갑자기 나타날 불길한 세균 무기까지 철거한다고 하지는 않았다. 게다가 국방부가 발표한 GB가스 철거 시기는 여전히 애매하며, 구체적인 방법을 오키나와 민중이 확인할 수도 없다. 또 독가스의 존재와 사고를 인정한 미군이 구시카와 바다에서 수많은 아이들의 피부를 태우고 짓무르게 한 것까지 거슬러 올라가 책임을 밝힌 것도 아니다.

독가스 사고 발각을 둘러싼 온갖 동요와 결말(물론 명확한 결말이 아니라 아직도 진행 중인 결말), 그 모든 것을 시인이며 신문기자인 친구가 어떻게 지켜보고 있는지 두려움으로 나는 묘사하려 한다. 주권이 오키나와 민중에게 없는 이상.

황송하옵게도 나라님 명령

임금님 어명인지라

절대적이라네.

"무소불위의 전횡을 휘두르는 목소리는 미군의 '어명'이 아닌가? 그 모두를 거절하는 것 말고 달리 내가 어떤 삶을 살아갈 수 있겠는가?" 하고 다시 한 번 그는 확인했을 것이다. 그의 암울하고 분노에 찬 예리한 얼굴을 바라보면서, 나는 다시금 '일본이 오키나와에 속한다'는 말을 떠올린다. 오키나와가 일본에 속하는 것이 아니다. 나는 이제 "오키나와에 대한 일본의 잠재 주권"이라는 말을 기피해야 한다고 생각한다. 독가스로부터 오키나와가 진정 해방되기 위해서는 오키나와 사람의 주권으로 오키나와를 이해해야 한다. 그런데 오키나와인의 주권을 침범하여 독가스 편에 서 있는 것은 비단 미국의 '주권'만이 아니다. 단적으로 현재 일본이 국정 참가를 거부하여 오키나와 민중은 주권을 행사하지 못하고 있다. 그럼에도 일본인의 주권이 오키나와까지 포함하고 있는 척 위장하고서 본토에서 일본국의 잠재 주권이라는 또 하나의 '어명'을 들이밀고 있는 우리 또한 독가스 편에 서 있다.

다시 말하면 오키나와에서 독가스 저장 사실과 사고를 적발한 것은 일본 정부도 일본인도 아니다. 오키나와 독가스 사고를 일본 외무성이 검토한 사실을 보도한 본토의 신문 1면 기사 제목은 '국내 반입을 거부한다'는 단 한 줄뿐이었다. 워싱턴은 탄도요격미사일(ABM) 배치 문제 의결을 앞둔 '내부 사정' 때문에 언제 어떻게 철거할지는 모호하게 내버려 두고 우선 독가스 철거만 결정했다고 한다. 일본 정부와 일본인은 핵우산, 독가스 우산 그리고 세균무기 우산 안으로 들어가려 한다. 그 우산의 위력 덕에 겨우 존속한다는 고정관념을 부정할 생각이 없다면, 거대한 암흑을 지탱하고 있는 우산대인 오키나와에 일본이 속해 있는 것이다.

그런 나라, 그런 일본인인 나 자신을 확인하기 위해서 오키나와를 향해 나 자신을 드러내 보여야 한다. 그래서 나는 오키나와에 간다. 야에야마 민요에 나오는 야쿠자마 게와 자작시에 나오는 사나운 매를 가슴에 담은 그 과묵한 친구가 있는 오키나와로 나는 계속 가려 한다.

(1969년 7월)

다양성을 향하여

'자네는 오키나와의 이미지를 너무 단순화시켜 파악하는 거 아
냐?' 좋은 의지든 나쁜 의지든 하나의 협동체를 파악할 때 단순화가
가장 나쁘다고 꾸짖어 내 발길을 멈추게 한다. 나는 오키나와와 관련
된 구체적인 인간들의 다양한 얼굴을 떠올린다. 사실 내면의 얼굴이
고 외면의 얼굴이기도 한 다양한 얼굴을 '그들'이라고 일괄하여 지칭
할 수는 없다. 그처럼 인간적인 구체성을 지닌 면면을 손으로 한번 쓰
윽 만져 보고 단순화시켜 파악할 수는 없다. 사실 한 사람의 오키나
와인을 떠올리면서, 그의 육체와 의식을 통해 오키나와 상황을, 그리
고 오키나와 사람으로서 그를 파악하기 위해 나는 단순화와는 반대
방향으로 이 노트를 쓰기 시작했다.
 지향하는 바를 발설해 버리면 거기에 속박될 수 있다는 위험을 무
릅쓰고서라도 미리 밝히면, 나는 다양성으로 오키나와를 살펴보고
싶다. 그리고 '일본인이란 무엇일까? 그렇지 않은 일본인으로 나를 바
꿀 수 있을까?'라는 질문에 대해 다양성이 담긴 전망을 펼치고 싶다.

사실 최악의 상황은 글을 쓰는 나 자신의 다양성 부족이고, 그다음은 대상의 다양성을 파악하는 나의 능력 부족이다. 아마 그 둘은 틀림없이 샴쌍둥이 같은 관계일 것이다.

'일본인이란 무엇일까'라는 물음을 검토하고 싶은 생각의 중심에는, 일본인은 다양성을 생생하게 유지하는 데 유능하지 못한 국민일지 모른다는 의구심이 있다. 이 점을 언급해 둔다. 다양성에 대한 막연한 혐오감과 배제하고자 하는 어두운 충동이 우리 안에 존재한다. 현실적으로 천황제가 실재하는 이 국가에서는 의외로 민주주의의 근본적인 반전이 쉽게 이루어질 가능성이 높다. 이때 "천황은 일본국의 상징으로서 그 지위는 주권을 지닌 일본 국민의 총의에 근거한다"는 헌법의 글귀는 그대로 반전을 위한 근본적인 구실을 할 수 있다.

이렇게 생각하면서 나는 다시 오키나와로 간다. 오키나와 민중에게 천황이란 무엇일까, '주권 없는' 일본 국민 오키나와 민중에게 천황이란 무엇일까를 골똘히 생각하면서 오키나와로 간다. 거기서 천황제에 대한 태도의 다양성과 조우하면 저항의 근원적인 동기를 마련할 수 있을 것이다. 하지만 그것은 천황제에 대한 일본인의 일반적인 느낌과 다양한 전망으로 발전하는 것이 아니라, 의미조차 제대로 현실화시킬 수 없는 단서일 뿐이다.

나의 관찰력과 상상력이 단순하여 오키나와의 이미지가 단순해질 가능성이 있다면 그것을 특히 주의해야 한다. 즉 내 책임에 따른 단순화의 독소를 제거하지 않으면 안 된다. 왜냐하면 어떤 특정한 의도에 따른 단순화보다도 더 나쁜 사태이기 때문이다. 어떤 작가가 오키나와와 관련된 것을 쓸 수 있도록 특별히 허락을 받는다면, 아마 그가 단순화를 금기시하는 본성을 지닌 직업을 가졌기 때문일 것이다. 어디에서 오는지 모르지만 나한테 찾아오는 악몽 같은 이미지를 이 노트에 기록하면서, 나의 출발점인 '일본인이란 무엇일까? 그렇지 않은 일본인으로 나를 바꿀 수 있을까?'라는 물음과 함께 조금이나마 앞으로 나아가고 싶다.

　나를 사로잡은 현실적인 악몽 가운데 하나는 오키나와를 억누르는 핵전략 체제와 관련되어 있다. 나는 핵무기 관련 이야기를 할 때마다 마음속 어두운 소용돌이에 휩쓸려 나락으로 빠져드는 기분이다. 예를 들어 예전에 훌륭한 단편소설을 쓴 작가이고 지금 보수정당에서 가장 인기 있는 한 국회의원이, 핵무장을 하지 않으면 제대로 외교를 할 수 없다는 너무나 단순한 정치적 의견을 주장하고 있다. 그것을 신문과 주간지에서 읽다가 과거에 그 의원이 오키나와를 방문하여 비슷한 말을 해서 민중들한테 반격을 받은 사실이 생각났다. 그 의원이 오키나와에서 그런 일을 겪고도 전혀 영향을 받지 않고 있다고 생각하니 다음과 같은 악몽이 나를 사로잡았다. 그것은 핵무기를 둘러싼 공포의 확산 체제에서 미국인들은 왜 오키나와의 핵기지가 유효하다고 인정하는가, 마찬가지로 확산의 협박 및 경쟁 상대들은 왜 그것을 인정하는가, 특히 중국은 지금 오키나와를 궤멸시킬 만한 핵무기를 보유하고서 왜 여전히 오키나와 핵기지가 위력이 있다고 생각하는가 하는 명제를 둘러싼 악몽이다. 확산의 양 축인 위협하는 힘과 공포심의 관계는 본질적으로는 심리 문제이다. 따라서 나는 확산과 관련된 악몽을 고민하는 것이 무의미한 심심풀이가 아니라고 말할 권리가 있다.

내 불길한 생각은 이렇다. 미국의 국제 관계 전문가나 노련한 프랑스 저널리스트가 지적한 대로 대륙을 겨냥한 섬나라의 핵무장은 엄청나고도 효과가 확실한 자살 계획이다. 따라서 외교관계에서 핵무기 없이는 어떤 정치적 상상력도 발휘할 수 없다는, 이제는 젊지 않은 그 의원이라면 모를까, 분별력 있는 사람이라면 일본 본토의 핵기지화가 핵 위협에 따른 확산 체계에서 효과적인 역할을 한다고 생각하지 않는다. 핵우산이라는 선무공작(宣撫工作)의 틀을 지탱하는 것은, 일본 본토 상공까지 공격적으로 독수리 날개를 펴고 있는 미국의 핵무기 시스템이, 날개 힘 때문에 공격당할 동기를 제공하는 것이 아니라 오히려 억제한다는 막연한 감각이다. 선전을 수용하는 일반적인 태도는, 명백한 모순을 밝히기보다 핵우산 신화를 방치하여 애매한 현상을 그대로 유지한 채 한 치 앞도 모르는 오늘날 핵 시대의 일상을 잠시나마 편안히 지내려는 것이다. 그 무력감 위에 판단을 유보하는 태도에는 미국이라는 거대한 핵 독수리가 넘어져서 방사능 가득한 검은 불길에 본인들이 타 버려도 어쩔 수 없다는 비참하고 암울한 비관주의가 숨어 있다. 이 점을 놓쳐서는 안 된다.

하지만 핵무기 보복 공격 몇 발로 궤멸당하는 것이 섬나라 인간들의 가까운 미래상임을 알면서도, 섬나라 강권이 핵무기를 개발하여 광활한 대륙에 미사일을 조준하겠다는 구상은 분명 미친 짓이다. 확실한 근거 없이 섬나라 사람들이 극도의 자살 지향 민족이라는 식의 위협은 상대국을 동요시킬 수 없다. 황당무계한 미국의 통속 작가가 중국을 겨냥하여 일본 본토가 핵공격을 실시한다는 픽션의 논리를 짜 맞추기 위해, 주젠지 호수(中禪寺湖, 일본 혼슈 도치기 현에 있는 닛코 국립공원을 대표하는 호수—옮긴이) 인근 미군기지 내에서 극비리에 미치광이 장군이 단독으로 핵탄두를 장착한 미사일을 준비한다고 설정하는 것과 다르지 않다.

그런데 일본 본토보다 좁고, 중국 대륙에 더 가깝고, 섬 전체가 노출된 오키나와가 핵기지로서 위협 확산에 그토록 큰 역할을 하고 있는 까닭은 무엇일까? 그걸 생각하면 악몽 같은 이미지가 그려지기 시작한다. 오키나와에 핵기지를 두고 상대를 위협하는 백악관이나 펜타곤 사람들의 상상 속에서 오키나와 민중은 보복 핵공격으로 섬멸당할 사람들이다. 상대국의 정치 지도자와 군부의 상상 속에서도, 오키나와 민중이 궤멸되는 상황을 작은 희생쯤으로 여기는 사람들이 배치한 핵무기가 자신들을 위협하고 있다는 상황을 분명히 알고 있다. 그래야만 노출된 작은 섬의 핵기지가 협박의 무기, 공포의 핵심으로 실재하게 된다.

확산 위협 경쟁을 시작한 중국 쪽에서 '대륙 어딘가에 있는 핵기지가 오키나와 핵기지를 겨냥하여 보복 핵공격을 실시하면 오키나와 본섬은 전멸한다. 그런 큰 희생을 치르더라도 자네들은 대륙을 겨냥해 오키나와 핵기지에서 핵무기를 발사할 생각인가?' 하고 묻는다.

오키나와 민족 또는 그들이 직접 선출한 주석이 대답한다면 당연히 '아니, 그렇게 안 해'라고 할 것이다. 그러면 위협 경쟁에서 상대방은 확실한 승리를 거둔다. 그리고 핵기지 오키나와의 의미는 축소된다. 하지만 그 질문에 대답하는 것은 바로 워싱턴의 목소리이다.

'그렇다'라고 백악관과 펜타곤은 대답할 것이다. '오키나와 핵기지와 오키나와 전체가 궤멸되는 게 무슨 대수지? 그거야말로 거대한 '자유세계'를 방위하기 위한 희생양 역할이잖아? 우리는 그냥 장난삼아 오키나와에 핵무기나 B-52전략폭격기를 배치한 게 아니라고.' 그렇게 해서 위협 경쟁의 승패가 역전되거나 확산의 팽팽한 균형 관계가 만들어져 핵체계가 격렬히 대치하는 괴기한 공포의 침묵이 완성될 것이다.

오키나와 민중의 저항은 핵무기 공포의 균형 체제를 두려워하고 섬멸될 위험 속에 살아가는 사람으로서 일관되게 이의를 제기하는 것이다. 그것을 오키나와 주둔 미군이나 고등판무관이 어떻게 무시하고 어떻게 억압해 왔는지를 우리는 잘 알고 있다. 하지만 우리가 충분히 인식하고 있는지, 또 인식이 우리를 움직여서 다양한 항의의 목소리와 행동을 만들었는지를 생각해 보면 사실은 그렇지 않다. 나 스스로도 오키나와와 맺은 관계를 돌아보면서 그 사실을 인정할 수밖에 없는 한심한 상황이다.

핵우산의 '모호주의'에 어떻게든 안주하려는 임시방편적 생각이나 오키나와 핵무기가 오키나와 민중에게 미치는 현실적 의미를 골똘히 생각하지 않는 본토 일본인의 생각은 결국 똑같다. 그저 후자가 오키나와 민중을 노골적으로 배신하는 심정이 좀 더 클 뿐이다.

나아가 '핵 장착' 오키나와 반환을 본토 정부나 워싱턴의 권력자가 구체적으로 기획한 것을 어떻게 이해해야 할까? 너무 불길하고 구역질 나지만, 워싱턴은 일단 오키나와 통치권을 일본에게 돌려주고 오키나와 민중을 군사 지배에서 해방시켜도, 도쿄 정부가 오키나와의 일본인과 오키나와를 희생양으로 삼을 것임을 예측하고 있다는 것을 의미한다. 그렇지 않다면 앞서 언급한 핵기지에 근거한 위협 확산의 과정에서 오키나와의 핵기지 가치는 폭락하고 '핵 장착' 반환의 의미는 사라지기 때문이다.

미국 쪽에는 오키나와 '핵 장착' 반환 계획이 없었다는 정보통 소식도 있을 것이다. 하지만 일본 보수 정권 구성원들이 '핵 장착' 반환 기획을 주요 사안으로 삼아 동분서주한 것은 틀림없는 사실이다. 그 사안이 흔들리기 시작한 것은 오키나와 현지 민중들이 그 계획을 단호히 거부할 의지를 여러 방식으로 드러냈기 때문이다.

따라서 본토 정치가가 '핵 장착' 반환을 주장할 때, 그들이 심리 내면에서 지금까지 검토한 문제를 어떻게 의식하고 있었는지를 살펴봐야 한다. 본토 정치가들은 오키나와 민중이 보복 핵공격으로 섬멸당할 가능성을 분명히 인정하고 있다. 가장 단적으로 핵전쟁 시대에 섬멸당할 백만 명의 몸뚱이가 지탱하는 핵기지, 오키나와가 본토의 핵우산이라는 '모호주의'의 성벽을 조금은 단단히 해준다고 계산하고 있다.

사실 미국의 군사 지배 아래 있기 때문이라는 이기적 변명을 늘어놓는다. 핵전략 체제 아래에서 두려움에 떨며 섬멸당할 오키나와 민중의 존재 방식을 외면하는 기만을 넘어 노골적으로 일본국헌법하의 오키나와 일본인을 또다시 인신공양하는 '핵 장착' 반환을 생각하고 있다. 그것이 오키나와 민중에 대한 근원적인 차별이라는 점에는 어떤 유보 조건도 필요 없다.

'현실적인 근거가 있어? 그건 자네의 악몽일 뿐이잖아?'라는 목소리가 있다면, 증거 제출이 너무 간단해서 오히려 수월함이 본토 일본인인 나를 콕콕 찌르는 가시가 되어 버린다. 샌프란시스코조약 제3조로 오키나와를 인신공양하고, 오키나와 민중을 핵무기 공포 확산의 희생양, 이의를 제기할 수 없는 침묵의 희생양으로 꽁꽁 묶어 놓은 본토 정부가 지금껏 보여 준 태도가 바로 그 증거이다. 일본 정부는 아직도 오키나와 핵기지를 확실하게 인정하는 성명을 발표하고 있지 않다. 그럼에도 '핵 장착' 반환이라는 말이 나돌고 있으니 정말로 후안무치하다. 그런데도 '국체호지'(國體護持)를 위해 오키나와 민중들을 희생시킨 태평양전쟁 막바지의, 명분도 없는 오키나와 전투의 비참함을 또 다른 증거로 제시해야 하겠는가?

게라마(慶良間) 열도에서 벌어진 7백 명이 넘는 노약자들의 집단자결에 관해서는 우에치 가즈부미(上地一史)의 《오키나와 전쟁사》(沖繩戰史)가 명확히 전하고 있다. 그에 따르면 본토에서 온 일본인 군대가 살아남기 위해 "부대는 지금부터 미군에 맞서 장기전에 돌입한다. 따라서 주민은 부대 행동을 방해하지 말고 식량 제공을 위해 깨끗이 자결하라"는 명령을 내렸다고 한다. 오키나와 민중의 죽음을 담보로 살아남은 본토 일본인의 삶이라는 명제는 자마미(座間味), 도카시키(渡嘉敷) 마을의 피비린내 나는 참혹한 현장에서 구체적인 틀이 만들어

저서 핵전략 체제하의 오늘날까지 이어지고 있다. 전투에서 살아남아 본토로 돌아가서 우리들 가운데 섞여 있는 그 사건의 책임자는 여전히 오키나와에 어떤 보상도 하고 있지 않다. 그런데 그 개인의 행동을 본토 일본인이 지금 그대로 되풀이하고 있다. 따라서 그가 본토 일본인들을 향해 왜 자신만 비난받아야 하냐고 뻔뻔스레 말하면, 우리는 그 사람 내면에 있는 우리 자신과 다시 마주할 수밖에 없다.

시마부쿠로 젠바쓰(島袋全発)의 《오키나와 동요집》(沖縄童謡集)에는 까마귀에게 "빨리, 숨어!" 하고 소리치는 노래가 있다. 메이지 시대 본토 일본인의 위협 앞에서 오키나와 아이들이 까마귀와 자신을 동일화시키는 심정을 표현한 것이다. 이 노래가 고발한 상황은 여전히 이어지고 있으며 본질적으로 어떤 보상도 받지 못하고 있다. 총이 핵탄두 미사일로 바뀌긴 했지만……

어이 까마귀야
본토 사람이
총을 메고서
널 잡으러
왔어.
판타누스 숲으로
소철 숲으로
빨리.
빨리빨리.

오키나와의 거리를 걸을 때 나는 광인을 만나는 것이 가장 두려웠다. 딱히 표현할 수 없는 광기의 무덤덤함이 마치 둔기로 얻어맞은 것처럼 충격을 준다. 그리고 이따금 광기 자체가 날이 무딘 칼처럼 상처를 후비면서 핵심으로 다가오는 경험을 했다. 심지어는 가끔 어떤 광인을 만나면, 그를 사로잡고 있는 광기에 나 자신을 동화시키고 싶다는 내면 깊숙한 곳으로부터의 충동을 억제할 수 없을 때도 있다. 하지만 오키나와에서 만난 광기는 나 자신의 동일화 따위를 허락하지 않는 거절의 갑옷으로 단단히 몸을 감싸고 있었다.

어느 여름날 땡볕 아래, 나는 모토부 초(本部町)의 도구치(渡久地) 선착장에서 이에 섬으로 가는 여객선을 기다리고 있었다. 그때 쌍둥이처럼 보이는 뚱뚱한 단발머리 중년 여성 둘이서 갑자기 큰소리로 나를 꾸짖기 시작하면서 나에게 준 근원적인 동요를 잊을 수 없다. 그 광녀들의 '거절'은 오키나와의 내 친구들이 보인 거절 또는 노골적으로 나에게 반감을 드러낸 사람들의 거절과는 성격이 전혀 달랐다. 나는 오키나와에서 제시하는 다양함이나 오키나와 사람들과 의사소통을 시작한 이래로 겪은 소통의 다양함은 물론, 이처럼 거절당한 경험의 다양함도 받아들이면서 오키나와로 가고 싶다.

오키나와 신문은 아마도 일본 본토의 중앙지나 여러 지방신문을 합쳐 광기와 관련된 정보를 가장 많이 전하는 신문일 것이다. 우선 오키나와의 정신위생 실태조사 수치에 근거해서 납득은 할 수 있지만 반드시 심리 분석 작업을 실시해야 한다.

1968년 11월에 실시한 조사에 따르면, 오키나와의 정신장애인은

23,140명으로 추산되는데 그중 분열증 같은 이른바 정신병은 본토보다 2.5배나 많다고 한다. 게다가 그중에서 71.2퍼센트는 전혀 치료받지 못하고 방치되어 있다. 이런 현상을 기마(儀間) 후생국장이 어두운 표정으로 발표하는 사진과 함께 신문이 보도했다. 막다른 벽에 가로막힌 듯한 그런 표정은 오키나와에서 종종 마주치게 되는 표정이다. 이 공식 발표에 앞서, 내가 단발머리의 뚱뚱한 광인 여성들한테 혼난 모토부 초 주변의 방치된 광인들 실태를 《류큐신보》가 보도했다. 어쩌면 그 여성은 선착장에서 마주친 광인 여성 가운데 한 명일지도 모르겠다.

"밭일을 마치고 귀가하던 여성이, 방치된 정신이상자가 휘두른 낫에 머리와 어깨를 맞아 중상을 입고 병원에 입원 중이다. 모토부에서 일어난 일이다. 37세 여성인 이 정신이상자는 얼마 전 정부의 조치에 따라 입원해서 호전되었는데, 퇴원하고 나서 다시 상태가 악화되어 동네를 돌아다니고 있었다. 매일 낮이나 대나무 따위의 흉기를 지니고 다녔으며 대나무에 맞은 아이도 많았다고 한다. 상대가 말이 통하지 않는 이상자라서 주민들은 전전긍긍했다. 동사무소에서는 복지사와 공간(公看, 오키나와의 공중위생 간호부—옮긴이)과 의논하여 다시 입원 조치하려고 지난 4월에 나고(名護) 보건소에 신청한 바 있다. 하지만 북부에 정신병동이 없고 기존 시설도 만원이라 언제 수용될지는 아직도 불확실하다고 한다. 이 사건은 마을 당국이 기마 후생국장에게 보고하여 밝혀졌지만, 아마 빙산의 일각에 불과할 것이다. 실제로 모토부에는 이처럼 집에서 치료를 받거나 방치된 정신이상자가 74명

이나 되는데, 다른 마을도 사정은 마찬가지이다. 예를 들면 나키진(今
帰仁)에 약 130명이 재택치료 중이고, 구시(久志) 38명, 히가시(東) 7
명, 하네지(羽地) 27명, 야부(屋部) 39명에 이르는 실정이다."

이런 구체적인 예와 함께, 앞서 언급한 후생국 조사를 보면 장애인
가운데 남성 비율이 높고, 연령은 30~40대가 많은 점에 주목할 필요
가 있다. 이 연령대 남자들은 오키나와 전투가 일어났을 때 소년 시절
이 끝나고 청년기에 접어들어서 절망적인 전투에 참가를 강요당한 사
람들이다.

물론 오키나와의 정신장애인을 생각하면서 새로운 오키나와 잔혹
이야기를 만들려고 하는 것은 아니다. 나하의 호텔에서 함께 묵은 본
토 르포작가가 미야코(宮古) 섬이나 요나구니(与那国) 섬에서 취재한
정신장애인에 대하여 잔혹한 이야기를 하는 것을 듣고 이루 말할 수
없는 혐오감을 느낀 기억이 난다. 그 작가에 대한 혐오감인 동시에 듣
고 있는 나 자신에 대한 혐오였다. 나의 유약한 부분을 직접 가격하
려는 의도로 그런 이야기를 한 것이 분명했다. '자네는 오키나와에 부
정이라도 씻어 내려고 온 것 같군'이라는 것이 나를 바라보는 기본적
인 태도이고, '이처럼 정화하기 힘든 구정물을 뒤집어쓰고서 부정을
씻어 낼 수 있겠어?' 하고 싸움을 걸려는 심사였다. 우리가 둘 사이의
간극을 극복하고 그것을 넘어 상상력을 위한 자양분으로 그 이야기
를 공유하고 전개하려 했다면, 그 참담한 이야기를 단순한 잔혹 이야
기 이상으로 승화시키고 서로를 이해할 수 있었을지 모른다. 하지만
본토에서 여행 온 우리 두 사람은 근친 증오를 서로 인정할 뿐 불모의

간극을 넘지 못했다.

나는 지금 잘 알지도 못하는 타인을 대상으로 이 노트를 쓰면서 그러한 잔혹 이야기를 써 나가지나 않을까 두렵다. 따라서 내가 오키나와의 광기에 관해 생각하는 것은 그대로 일본의 광기를 생각하는 것과 겹치고, 결국에는 나 자신과 광기의 관계를 생각하는 것임을 분명히 밝혀 두고 싶다.

실제로 본토 일본인인 나 자신을 생각하면, 다름 아닌 나 스스로가 오키나와에 살고 있는 인간을 광기로 내몰고 있을지 모른다는 의구심에 사로잡혀 발길을 멈출 때도 있다. 본토에서 오키나와로 온 어떤 평론가가 오키나와 전투 희생자에 대하여 "동물적 훈련에 따른 충성심"이라 비평했고, 그런 행태에 분노해서 미쳐 죽은 사람이 있다고 한다. 아마도 분노해서 미쳐 죽었다는 이야기는 거의 전설과도 같은 것일 것이다. 하지만 가족들과 함께 오키나와 사람으로 살면서 그리고 지금 같은 상황에서 오키나와의 과거와 미래를 나날이 생각한다면, 그 비평을 듣고서 냉정할 수 있다고 말할 자신이 없다. 비록 미쳐 죽은 역사가 전설이라 할지라도 그것이 전설로 살아남아 있는 것은, 그 소문이 현실의 근원을 건드리는 핵심을 짚고 있기 때문이다. 따라서 나의 상상력이 그 핵심까지 다가가기를 바랄 뿐이다. 그리고 제정신을 가진 사람의 목소리가 오키나와에서 나오는 것을 듣고서, 그 목소리가 말이 되어 나올 때까지 인간 내면의 암흑 속에 쌓여 있던 감수성과 논리의 깊이를 짐작하게 된다.

어느 8·15 집회에서 온후한 학자가 이야기한 내용이다.

오키나와 젊은이들의 동물적 충성심을 비판할 때, 역사적 배경과 사회적 상황을 함께 살피고 분석하는 배려를 하지 않으면 편파적일 수밖에 없습니다. 그래서 오키나와 역사를 성실하게 살아온 사람들에 대해서 불성실하고, 역사의 전체상을 그리는 데도 정확도가 떨어지는 것 같아 걱정스럽습니다. 그럼 도대체 오키나와 젊은이들을 전쟁으로 내몰아 오로지 국방색 사상만을 갖게 만든 까닭은 무엇일까요? 온갖 조건이 그 문제와 이리저리 관련되어 있지만, 수백 년 동안의 고립된 섬의 고달픈 역사에서 벗어나고 있는 오키나와 현민의 역사적 필연성에 따른 행동이라는 생각을 저는 떨쳐 버릴 수 없습니다. 일본적인 체제 속으로 적극 편입됨으로써 역사적 후진성에서 벗어나려는 사고방식, 바로 그것이 문제입니다.

이런 논리 위에서 오모로(オモロ, 오키나와 고대가요―옮긴이)와 류카(琉歌, 오키나와의 단시형 가요―옮긴이) 전문가인 이 학자는 전공 분야로 문제를 끌고 나갔다. 류큐처분에서 오키나와 전투에 이르기까지 중앙의 정치, 경제, 문화가 지방으로 침투함에 따라 중앙의 왜곡과 뒤틀림을 확대하는 방식으로 오키나와 젊은이들에게 영향을 끼친 역사 전반을 제시했다.

"중앙과 직결되는 사상이 비판력을 상실했을 때, 국체와 신하의 길이 필요 이상으로 강조되고, 사상적 사생아로서 동물적 충성심이 나오는 것입니다. 당시 천황제 이데올로기에 충성을 맹세한 사상은, 일본적 보편성을 지니면서 오키나와에서 강조되고 분출된 특수성에는 오키나와의 역사적 후진성과 근대화에 대한 조급증이 통렬히 각인되어 있다고 할 수 있지요.”

올해 8·15에 내가 들은 여러 이야기 가운데, 24년 전 그날 “오키나와에서 태어나 오키나와에서 자라 오키나와 전투에 참가”해서는 “패전 사실도 모른 채 오키나와 섬 중부의 산속을 방황했던” 호카마 슈젠(外間守善) 씨가 온화한 목소리로 전한 이야기가 내 마음속 깊숙한 곳을 관통했다. 교수는 자신의 내부에 격렬한 소용돌이를 품고 있었지만, 그것을 적나라하게 드러내거나 거칠게 성토하는 인품은 아니었다. 하지만 둔감한 잔혹 이야기 수준의 비평을 이런 학자가 진지하게 받아들여 겨우 의의를 갖게 만든 것에, 분노로 미쳐 죽은 사람의 전설보다 더 무서운 힘을 느끼며 다시금 생각하게 된다. 그 평론가의 망언에 본토 일본인으로서 연대책임을 져야 한다고 생각하던 나는 이렇게 이해하고서 간신히 구제를 맛보았다. 하지만 구제되는 느낌에는 더 예리하고 더 고통스런 맛을 환기시키는 요소가 담겨 있었다.

분노로 미쳐 죽었다는 전설 속 인물을 연상한다면 삼가야 할 말을 본토 인간들이 아직도 되풀이하고 있기 때문이다. 더욱이 그 가운데 최악의 발언에는, 이것이 일본인의 말이며 이런 말을 하는 인간이 바로 일본인이라는 사실을 처절하게 자각시키고 환기시키는 힘이 있기 때문이다.

올 4월 도치기 현의 어떤 의사가 《류큐신보》에 이런 글을 투고했다.

　류큐국 사람들이여! 제군들의 나라는 원래 독립국이네. 도쿠가와 시대나 그 이전 당나라 때 사쓰마 번이나 중국에 공물을 바치고 겨우 독립을 유지하고 있었다고는 하지만 번듯한 독립국이 아니었던가? 그러다가 메이지유신이라는 북새통에 일본의 오키나와 현민으로 영유된 것이다. 그리하여 좌천된 본토의 관료가 통치하고 일본의 적자(赤子) 현이 되었다. …… 너무나 다행스럽도 제2차 세계대전 덕분에 제군들은 일본에서 벗어나 미군 통치 아래로 들어가서는, 그 때문에 제군들은 미처 몰랐던 세계를 알게 되었다. 제군들의 둘레나 길거리를 둘러봐라. 전부 자유다. 군사시설 말고는 본토에서 상상조차 할 수 없는 자유를 누리고 있다. 같은 영토이지만 조선은 독립했다. 타이완도 독립했다. 제군들의 류큐는 어째서 독립하지 않는가? …… 제군들의 나라 류큐는 독립해야 한다. 그리고 제군들의 정부를 만들어라. 재정은 걱정 없다. 관광과 도박으로 충당하면 된다. 재원은 지금부터 마련할 수 있다. 국영 도박장. 다만 류큐 국민이 해서는 안 된다. 어디까지나 외국인이 와서 즐기게 해야 한다. 환락의 나라로 만드는 거다. 전쟁 피해 따위는 빨리 잊어버려라. 큰 태풍을 만난 거라 생각하면 된다. …… 자유의 나라 류큐, 어떤가, 제군들의 나라다. 정치는 자유투표로 하고 인종은 차별하지 않는 거다. 주석 또는 대통령은 오키나와에 1년 이상 거주한 자로 정하여 인종의 차이를 두지 않는다. 일본인도 좋고 미국인도 좋다. 자유로운 나라, 명랑한 나라, 싸움이 없는 이상향을 제군들의 생각으로 만들어 보지 않겠나? 시시한 본토 복귀 염원 따위는 집어치워라. 제군들에게 주어진 절호의 기회이다.

이 의사는 5월에 다시 투고하여 같은 취지의 의견을 되풀이하고서는 다음 같은 새로운 비판으로 글을 마쳤다.

> 마지막으로, 야라 주석이 국회에 의원을 보내려고 주장하는 기사가 나오고 있는데, 왜 외국 정치에 간섭하십니까? 현시점에서는 오키나와도 외국이고 일본도 외국이지 않습니까? 그런데도 국회의원을 보내고 싶어 하는 것 같은데 정말 말도 안 됩니다. …… 일본으로 복귀하면 영구히 독립 정부를 세우는 것은 불가능해집니다. 그때 가서 독립운동을 해봤자 늦습니다. 지금 바로 오키나와가 독립해야 하지 않겠습니까?

만약 투고가 한 번으로 끝났다면 내심 반대 방향을 노린 자학적인 장난 글로 보고 판단을 유보할 수도 있다. 하지만 두 번째 투고를 보고서 도치기 현 의사가 여하튼 진지하게, 뭔가 이상하다는 표현만으로는 불충분한 말을, 오키나와로 발신하려는 뜻을 갖고 있다는 점에 의심의 여지가 없었다. 먼저 이 투서를 분석하거나 비판하기 전에 그가 쓴 용어와 문체를 그대로 여기 제시하는 것만으로도 내가 무엇을 느꼈는지 충분히 전달할 수 있다고 생각한다. 본토 일본인이 누군가의 요청을 받은 것도 아니고, 그저 정체 모를 정열에 휩싸여 이런 문장을 오키나와 신문에 보낸 사실에 역겨움을 느끼며 반추한다. 게다가 그 정열은 파괴적이거나 반사회적인 성격이 아니라 본인의 의식 속에서는 너무나 도덕적인 정열이다. 그것이 오키나와 민중의 의식을 파고 들어갔는지 어떤지는 의심스럽지만, 여하튼 널리 읽힌 것은 분명하다. 그래서 악몽을 꾸고 난 뒤에 느끼는 꺼림칙함처럼 이 글은 나에게서 떨어지지 않는다. '일본인은 이런 인간이야'라고, 나는 다시 한 번 그 의사와 연결된 피의 유대를 분명히 인정할 수밖에 없다.

사실은 이 투서가 직접 나에게 상기시켜 주는 기억이 있다. 개인적인 경험이다. 오키나와 초대 주석 선거 투표일 하루 전날, 도쿄 이케부쿠로 역 안에서 선거의 의미를 설명하면서 서명과 모금을 하던 오키나와 출신 학생에게 젊은 남자가 계속 시비를 걸었다. 남자는 조금 취해 있었고 둘레에는 그 남자의 방해 행위를 비난하는 사람이 없었다. 그리고 오가는 사람은 많았지만 모금은 성공하지 못했다. 내가 그 남자와 오키나와 학생 사이를 헤집고 들어가 서명을 하고 모금함에 돈을 넣자 "너 바람잡이지?" 하며 그 남자는 내 옆구리를 쿡 찔렀다. 나는 이타바시 병원에서 수술 받은 아들의 병실에서 귀가하던 중 우연히 그 현장을 맞닥뜨린 것이었다. 남자는 이어 명부에서 내 이름을 확인하고는 버스를 기다리는 무관심한 사람들을 향해 나를 모욕하는 짧은 연설을 했다. 그 남자가 말하는 방식으로 봐서 특별한 정치 단체에 소속된 것 같지는 않았다. 퇴근길에 술을 좀 마신 젊은 남자가 오키나와 출신 학생에게 갑자기 대들고 싶어진 모양이었다. '이게 일본인이야. 바꿔 말하면 바로 나 자신이야.' 새삼 그때 내가 느낀 것을 잊을 수 없다.

또 후루겐 소켄 씨의 죽음을 애도하는 글(이 책의 프롤로그)을 처음 발표한 직후에 금주동맹 기관지가 배달되어 왔다. "소켄 씨는 만취해서 죽은 게 아닌가? 전전 오키나와는 아와모리, 전후 오키나와는 아와모리와 위스키 때문에 망해 가고 있는 게 아닌가?"라는 칼럼에 밑줄까지 그어져 있었다. 내가 쓴 글로 촉발된 비판 칼럼이므로 그 필자는 평생을 오키나와 복귀운동에 투신하고 분노에 차 비명횡사한 후루겐 소켄이라는 사람을 알고 있을 것이다. 그러면서도 도치기 현 의사처럼 그런 도덕적 상승지향 의식을 가지고 안타깝게 죽은 이에게 느닷없이 돌팔매질을 했다. 누구든 상관없이 본토 인간을 붙잡고 집요하게 분노를 토해 냈다는 술 취한 후루겐 소켄 씨의 환영이 이렇게 말한다. "그래, 그게 바로 일본인이야." 너무나 정당한 분노의 목소리가 실제로 들려오는 듯, 금주운동 기관지 칼럼의 필자와 같은 곳에 존재하고 있는 일본인인 나 자신을 깨달았다.

예부터 지금까지 충효를 다한 사람이 몇이나 되리오.
나라를 걱정하고 가정을 생각하느라 벌써 다섯 해가 흘렀다오.
이제는 목숨을 바쳐 국가의 존속을 기대할 수밖에 없으니
부모님이시여, 현명한 형제들을 의지해 주소서.

古來忠孝幾人全
憂國思家已五年
一死猶期存社稷
高堂專賴弟兄賢

이 칠언절구는 나에게 걱정을 환기시켜 주는 힘을 지니고 있다. 이런 힘은 화가이자 역사가로서 오키나와 사람 특유의 다양성을 명확하게 지닌 야마자토 에키치(山里永吉) 씨의 사상과 연관되어 있는 것은, 그의 책에서 이 시를 만났기 때문이다. 또 이 칠언절구에 관한 야마자토 씨의 생각이 오늘날 오키나와의 상황에 대한 고찰과 밀접하게 관련되어 있기 때문이다.

《오키나와 역사 이야기》(沖繩歷史物語)에서 야마자토 씨는 칠언절구의 임종(臨終)의 시를 남긴 린 세이코(林世功), 류큐식으로 나구수쿠 사토노시 베이친(名城里之子親雲上)을 이렇게 평가하고 있다. "슈리(首里)의 국학(國學)과 베이징의 국자감(國子監)에서 유학한 수재. 메이지 7년에 귀국하여 폐번 문제로 어수선할 때 나카구수크 왕자 쇼텐(中城王子尚典)의 스승이었다가, 메이지 9년 고지(幸地)와 함께 원조를 청하러 극비리에 중국으로 건너간 열혈지사." 아울러 히가온나 간준(東恩納寬惇)이 "음, 린 세이코는 류큐 말기의 지사로서 당분간 그 성패를 논할 수 없다. 하지만 만약에 명분의 근본을 어겼다면 음, 어떻게 해야 하나?"라고 평가한 것을 함께 소개하면서 객관성을 부여했다. 메이지 12년(1789년) 중국 푸저우에 있던 린 세이코는, 슈리성이 이양되고 류큐 국왕 쇼타이(尚泰) 부자가 일본 황제에게 소환되었다는 폐번치현 단행 소식을 들었다. 곧 북경으로 가서 청나라 조정에 결국에는 허망하게 끝난 류큐 원조를 청하고서는 이 칠언절구를 남기고 자살했다.

《오키나와인의 오키나와—일본은 조국이 아니다》(沖繩人の沖繩—日本は祖国に非ず)라는 팸플릿에 임종 시를 다시 실은 야마자토 씨는 더 솔직하게 린 세이코에게 다가갔다.

"후대 역사가 가운데 린 세이코의 비장한 자결이 오히려 대의명분을 그르쳤다고 보는 사람도 있지만, 나는 당시 류큐 정세로 보아 린 세이코가 오로지 조국 류큐의 독립을 염원하며 자결한 행위는 설득력 있는 대의명분이라 생각한다."

야마자토 씨는 온화하고 풍부한 에세이집《별천지―안에서 본 류큐 역사》(壺中天地―裏からのぞいた琉球史)의 근간을 관통하는 장기간의 주장을 이 팸플릿《오키나와인의 오키나와―일본은 조국이 아니다》)에서 더 강하고 예리하게 펼쳤다. 문화사를 깊이 파고든 이 역사가는 오키나와가 독립국가라는 근거를 찾아내어 독자적인 문화와 오키나와의 본모습을 부각시키려 노력하였다. 그의 작업을 오키나와 본토복귀운동과 새삼 대치시켜 본다.

"만약 오키나와의 지도자들이 젊은 시절의 식민지 교육에 따른 열등감, '빨리 일본인이 되고 싶다'는 무의식적 충동으로 일본 복귀를 주장한다면 그건 정말 슬픈 일이다. 왜냐하면 지금 부르짖는 일본 복귀에는 논리가 없기 때문이다. 경제적 이유도 없으며 사상적 뒷받침도 없다. 단지 감정뿐이다. '못 먹어도 좋으니 하루빨리 일본으로 복귀하고 싶다'는 사람까지 나오는 지경에 이른 것은 그야말로 말도 되지 않는다. 그런 사람은 배고픔의 고통을 모르기 때문이다. 선조가 같고 같은 말을 쓰고 있다는 것은 근거가 될 수 없다. 왜냐하면 오키나와는 원래 독립국이었기 때문이다. 세상에는 선조가 같고 같은 말을 사용하는 동일 민족이 둘로 나뉘어 싸우는 국가도 많다. 국가가 하나가 되는 경우는 한쪽이 항복할 때뿐이다. 그렇다 하더라도 그들은 자주독립의 정신을 잊어버리지 않고 있다. 마찬가지로 오키나와도 본디 독립국이었다. 우리 선조는 스스로 국가를 운영한 오랜 경험을 가지고 있다. 이 세상에 류큐라는 국가가 수백 년에 걸쳐 이어져 온 것은 전설도 꾸며 낸 이야기도 아니다. 오늘날 이 사실을 마음속으로 거듭 생각할 필요가 있지 않겠는가? 어디까지나 우리 오키나와 사람 손에 반환해야지 일본 정부에게 돌려줘서는 안 된다. 호랑이한테서 돌려받은 귀한 생명이 여우 손에 넘어가서는 안 된다. 우리는 그런 자신감을 가지고 통치권을 오키나와 사람에게 돌려 달라고 요구해야 한다. 그런 자신감과 신념이야말로 우리 오키나와 사람을 구원할 수 있다."

야마자토 씨 내면에서 오랜 세월 이어지다가 이제 린 세이코의 칠언절구처럼 격렬하게 분출된 주장 또는 사상에 맞서서 그와 마찬가지로 오랜 사색과 행동으로 반론을 제기하는 목소리도 곧 오키나와에서 나올 것이다. 그런 목소리를 강하게 불러일으키려는 것이 바로 그가 쓴 글의 모티프 가운데 하나이다.

나는 다만 그런 본질적인 반론에 가담하고 싶다기보다, 야마자토 씨가 지금까지 해온 작업 위에 팸플릿의 의미를 겹침으로써 거기서 환기되는 것을 내면 깊숙이 담고자 한다. 그가 스물일곱 살 봄에 창작한 〈슈리성 이양〉(首里城明け渡し)이라는 극의 주제가 이미 팸플릿에 담겨 있는 사상의 뿌리를 이루고 있다. 팸플릿에서 주장하는 바를 무리하게 연결하는 것이 아니라, 오키나와의 다양한 주장에 비춰 보면서, 그 결과 자연히 드러나는 오키나와적인 것의 다양성을 파악하고

자 한다.

이를테면 야마자토 씨가 말한 '식민지 교육'이란 말이, 《별천지》에 나오는 다음과 같은 글과 겹쳐지면 마치 둔중하고 예리한 도끼가 되어 본토 일본인을 내려치는 것 같다. "지금부터 18년 전 류큐인은 결코 자신들이 일본인이라 생각하지 않았다. 조금 어폐가 있는 말일지 모르지만, 류큐 일반 백성들이 스스로 일본인이라는 자각을 갖게 된 것은 청일전쟁 이후 받은 교육의 영향 탓이다. …… 그런 류큐인이 태평양전쟁 오키나와 전투에서 일본인으로서 기꺼이 죽은 것은 모두 교육의 영향 때문이다. 하지만 그 교육도 일본인이 그렇게 한 것이 아니다. 류큐인 스스로가 자식들을 일본인으로 교육시킨 결과였다."

다시 한 번 강조하건대 절대로 무리한 연결이 아니라 앞서 언급한 호카마 슈젠 교수가 8·15와 관련하여 언급한 내용과 대비시켜 일본인으로서 진지하게 받아들이면, 그 도끼로부터 누구도 자유로울 수 없다.

또 지금 미국으로 보낸 우리 정부 사절의 책동이나 정부가 시위하는 민중에게 기동대를 투입하는 방식을 "통치권을 오키나와인 손에"라는 구호와 오키나와 반환이 바로 일본의 해방이며 유일한 미래라고 주장하며 행동하는 젊은이의 사상과 대비시켜 보면, 거기서 발생하는 강력한 자력으로부터 누구도 자유로울 수 없다.

야마자토 씨의 글은 직접 오키나와 민중을 향한 것이지만, 비교할 것도 없이 도치기 현 의사의 투고 글은 오키나와 민중 속으로 파고들고자 하는 것이 아니다. "류큐인이여!"로 시작하는 그 글은 그것을 쓴 사람의 의도를 넘어서 '일본인이여, 제군은!' 하고 소리치며 일본인의 볼썽사나운 모습을 고백한 것이다. '제군의 나라 일본은 독립해야 한다. 제군의 정부를 만들어라. 자유의 나라 일본, 어떤가! 제군의 나라이다. 이제 곧 영구히 독립 정부를 가지는 것은 불가능하다. 그때 가서 독립운동을 해봤자 무슨 소용이 있겠는가. 지금 바로 일본은 독립해야 하지 않겠는가!'

다시 나는 홀로 청나라에서 자결한 류큐 지식인의 시로 되돌아간다. 자결을 목전에 두고 린 세이코, '베이친'(親雲上)은 이미 조국 류큐를 도울 수 없는 청나라 조정 사람들보다는 류큐 동포에게 남기는 유언으로, 류큐처분을 강행하는 일본국 인간에 대한 항의 메시지로 칠언절구를 남긴 것이 아닐까?

중국과 일본의 관계, 아시아에서 일본의 위치 설정을 일본과 중국 내면까지 들어가서 진지하게 생각하고 현실로 만들려고 시도한 사람이 있었던 것은 분명하다. 물론 그런 사람들의 시체를 난징대학살을 포함한 중일전쟁에서 우리나라 사람이 살육한 중국인의 산더미 같은 시체와 비교할 수는 없다.

그들이 이루지 못한 노력과 린 세이코의 노력을 대비시켜 오늘날 일본의 모습을 생각하고 우리를 환기시키는 메시지인 임종의 시 "이제는 목숨을 바쳐 국가의 존속을 기대할 수밖에 없으니 부모님이시여, 현명한 형제들을 의지해 주소서"를 가장 먼저 기억하고 싶다. 적어도 린 세이코로부터, 또는 오늘날 글이나 말로 표현을 하거나 아니면 침묵하는 오키나와의 다양한 거절을 끌어안고서 중국에 대한 나 자신의 사고방식에서 다양성을 찾아내고 싶다. 그런 의미에서 보더라도 오키나와를 생각하는 것은 아시아에서 일본과 일본인을 생각하는 근원적인 계기가 되기에, 나는 다시 '일본이 오키나와에 속한다'라는 명제로 이끌려 갈 수밖에 없다.

(1969년 8~9월)

OKINAWA NOTE 04

내면적 류큐처분

어느 중년의 오키나와 학자는 오키나와 근대사 사료를 발굴하여 분석하면 할수록 오키나와에 대해 언급하기 싫어진다고 했다. 낮 동안의 야외 조사로 인한 피로 탓인지 약간의 취기 탓인지는 모르겠다. 그 목소리에는 침울한 분노와 절망감이 담겨 있었다. 평소 그 학자는 편협하지 않으면서도 자기 통제력이 뛰어났으며, 젊은 시절 전쟁을 경험한 오키나와 지식인을 대표하는 인품을 지니고 있었다. 그 학자 옆에 나는 가만히 앉아서 보상할 수 없는 심연을 생각하고 있었다. 오키나와에 관한 지식이 명확해질수록 점점 더 깊어지는 무서운 심연을 생각했다. 그 심연이 무서운 까닭은 '일본인은 이런 인간이야'라며 자기혐오에 빠질 수밖에 없는 흉측한 실체를 품고 있기 때문이다. 자기 질병이 뿜어내는 독기를 결국 자신이 뒤집어쓰는 것과 마찬가지로 말이다.

　미리 밝히면 그 심연은 이제 지울 수 없는 오점이다. 따라서 그것에 무지한 편이 오히려 정신건강이나 순수함을 유지하는 데 편리할지도 모른다. 그러나 무지의 비참함이라는 것도 있다. 그 심연에 주의를 기울이면 "또다시 너희들은 이것을 되풀이할 거야. 사실 지금도 반복하고 있어!"라는 소리가 귀에 들려온다. 게다가 후회한다고 해결되는 단순한 것도 아니고, 정치적인 태도를 바꾸어 갑자기 악을 규탄하는 편에 설 수 있는 그런 기계적인 것도 아니다. 자기 마음속에서 '일본인은 이런 인간이야'라는 어두운 소용돌이를 일으켜야만 인식할 수 있는 그런 것이다.

아이히만의 처형과 독일 청년들의 죄의식의 상관관계를 두고 정치학자 한나 아렌트가 말했듯이, 실제 나쁜 짓을 하지 않았을 때 굳이 죄책감을 느낀다는 것은 그 인간에게 만족감을 주는 허세이다. 하지만 진정으로 잘못을 인정하고 난 뒤에 후회하는 것은 고통스럽고 우울한 행위이다. 오키나와와 거기 살고 있는 사람들에 대한 죄책감에도 그런 두 종류가 있다. 먼저 오키나와와 거기 사는 사람들에게 다가가서 일본인의 본질과 관련된 진정한 죄책감을 찾아내고, 이후 스스로 자기 내면에서 인정할 때 일어나는 어두운 소용돌이는 우울하고도 고통스럽다.

일반적인 일본인이 '일본이 오키나와에 속한다'라는 명제에 위화감을 느낀다면, 바로 그 감각에 대해 나는 여기서 직접적으로 말하고자 한다. 그것은 근대를 가로지르며 왜곡된 채 끈질기게 살아남아서, 몇 번이나 위선의 옷을 갈아입고서 역사의 전환점마다 공공연히 나타나는 '중화사상' 같은 일본인의 정서이다.

린 세이코는 무조건적으로 중국 군함의 도움을 믿었던 순진한 사람들과는 다르지만, 류큐 한 계층의 큰 기대를 짊어지고 푸저우로 갔다. 그는 어린 나이에 유학하여 직접 중국 문화의 현장에서 교육을 받고 청나라 조정의 현실을 알고 있었다. 하지만 그때 현실적으로 휘청거리던 중국에서 그는 틀림없이 '중화사상'의 중심을 보고 있었을 것이다. 린 세이코에게 청나라는 세계의 중심은 아니더라도 아시아의 중심이어야 했기 때문이다.

그런데 환멸과 절망감이 직접적으로 그를 죽음으로 몰고 갔을 때, 일본에는 일본 중심의 '중화사상'적인 정서가 있었고, 그런 일본인이 중국 지향의 류큐 지식인 베이친의 메시지를 진심으로 받아들이는 일은 결코 없었다. 두말할 필요도 없이 역사가에게는 너무나 상식적인 일이다. 하지만 지금의 현실에서 일본 중심의 '중화사상'적 정서가 극복되었다는 구체적인 근거가 없기에, 나는 이 문제를 여기서 다루고 싶다.

앞서 언급한 비통한 메시지, 누가 수용해 줄지도 모르는 메시지를 남기고 류큐의 젊은 지식인이 자결한 그해, 우리나라에서 세계적 시야가 가장 넓은 대표적 지식인이 마침 류큐처분을 하러 떠나는 중앙권력 집행자에게 일부러 이런 편지를 보냈다.

이번에 류큐처분으로 수고를 하신다 들었습니다. 듣자하니 폐번에 처하는 이유가 흥미롭습니다. 그 일에 대해 하나 말씀드리고 싶은 것은, 지난해 내지에서 폐번입현을 할 때 여러 번에서 사민들이 큰 혼란에 빠지지 않아 무리는 없었으나, 실은 정부가 여러 번에 문서 한

장만 보내서 번을 폐하고 현으로 만든다는 내용을 전했습니다. 물론 칙명 문서는 간단한 것이 좋기에 달리 방법도 없겠지만, 폐번입현이라는 중대사에 임하여 어떻게 한다는 설명조차 없었습니다. 때문에 번의 사민들은 번을 폐지한다고 듣고서도 폐지하는 이유를 몰라 실로 낭패를 봤다고 알고 있습니다. 소생은 그때도 정부를 위해 유감스럽다고 생각했습니다.

…… 내지의 사정도 그러한데, 하물며 이번에 류큐를 폐번한다면 그곳 사람들은 얼마나 당황스럽겠습니까? 그것은 불을 보듯 자명한 일입니다. 그러므로 폐번치현의 칙명은 칙명이고 따로 간곡한 설명문을 보내야 합니다. 예를 들면 '류큐국은 양속(兩屬, 중국과 일본을 똑같이 상국으로 인정하는 상태―옮긴이)할 이유가 없다, 양속은 나라에 도움이 되지 않는다, 일본 정부는 류큐를 가져 스스로의 이득을 취하려는 것이 아니다, 류큐 인민을 구제하려는 후의에 따른 것이다, 폐번의 명령을 받고 잠시 놀라겠지만 그 이후를 기다려라, 좋은 예로 일본 내지의 폐번 후의 모습을 봐라'라며 꼼꼼하게 적고 단단히 설명하여 먼저 인민의 마음을 휘어잡는 것이 무엇보다 중요하다고 생각합니다. 그 나라의 평범한 문장은 어떠한지, 말은 어떤 방언이 가장 잘 소통되는지를 먼저 살펴 필자를 선택하고 변사를 고용하여 몇 번이고 설명문을 배포하고 몇 번이고 연설하는 자리를 마련하고, 마지막에는 붓과 입으로 승리를 차지해야 한다고 생각합니다.

30명 넘는 수행원과 경비순사 160명, 보병 400여 명을 이끌고 슈리

왕궁으로 쳐들어갈 류큐처분관 마쓰다 미치유키(松田道之)는 여러 사람들한테서 조언의 편지를 받고 길을 떠났다. 후쿠자와 유키치의 이 편지는 조금, 아니 아주 수준 높은 부류에 속할 것이다. 오랜 세월 무력으로 외교 교섭을 한 적이 없는 류큐 정청(政廳)은 이미 처분관 마쓰다 미치유키의 적수가 되지 못했다. 청나라의 외교적 판단은 자기 나라에 희망을 건 류큐 지식인을 절망적인 죽음으로 내몰 뿐이었다. 그에 앞서 류큐 번주 쇼타이가 폐번치현을 수락한 문서를 나하 내무성 출장소에 체류 중인 마쓰다 미치유키에게 제출하려고 했을 때, 류큐인 수백 명이 거리로 나와 저지했다. 그에 대한 마쓰다 미치유키의 항의는 노골적인 위협이었다.

마쓰다 미치유키는, 실제로 다른 지역 사람들도 합류한 이 시위를 다음에 인용하는 문책 편지에 썼듯이 '구메 마을에 거주하는 무리'라고 굳이 한정시켰다. 구메 마을이 중국 귀화인 자손의 마을이라는 선입견 때문이라고 야마자토 씨가 분석하듯이, 마쓰다는 류큐 사람들의 저항을 단편적으로 파악하려 했다.

"금번 명령에 임하여, 구메 마을에 거주하는 무리에서 토론이 비등하고 급기야 오늘은 폭등에 이르렀다고 들었다. 만약 그러하다면 발칙하기 짝이 없는바, 그 상황과 인명을 알고 싶으니 상세히 보고하라."

이러한 정치적 정신 상태를 지닌 관리에게 보낸 편지임을 감안하면 후쿠자와 유키치의 문장은 분명히 도리를 다한 것이라 할 수 있다. 편지 내용이 현실화된 흔적이 없는 만큼 더욱 그러하다. 하지만 그것을 인정하더라도 나는 그 글을 다시 읽으면서 암울함으로 심장이 떨린다. 그 편지에 흐르는 류큐관, 류큐인관은 100년 가까이 그대로 살아남아, '도리에 맞는' 사고방식을 지닌 일본 권력층이나 오키나와에 많은 관심을 가지고 있는 일부 민중들 마음속에 똬리를 틀고 있는 것은 아닐까? 지금 오키나와 반환 문제를 둘러싼 정부의 선전이나 주요 신문들의 논평에서도 노골적으로 그런 모습을 드러내고 있어, '일본인은 이런 사고방식을 지닌 인간이다'라는 복잡하고 굴절된 감회를 불러일으킨다.

"일본 정부는 류큐를 가져서 스스로 이득을 취하려는 것이 아니다. 류큐 인민을 구제하려는 후의에 따른 것이다"라는 생각이나, '예를 들면' 같은 후쿠자와의 말투는 마쓰다 미치유키가 번왕 쇼타이를 상경시켜 일본국 황제 발아래로 끌어내리려는 강압적 명분과도 분명히 공명하고 있다. "억만금을 쓰고 죄를 묻는 전령을 타이완에 보냈으나, 전사하거나 병사한 자가 적지 않아, 성상께서 그로 인해 성심을 어지럽혀 정부 대신들의 고심이 이만저만이 아니다. 이 모두는 해당 번의 인민을 보호하려다가 발생한 일이다. 따라서 번왕은 관민을 위해 하루빨리 상경하여 성왕께 사죄함이 마땅하다."

타이완에 표류한 많은 류큐인들이 야만족에게 살해되고 그나마 살아남은 이들은 중국인에게 구조되었는데, 그것을 빌미로 일본 정부가 류큐와 구조자인 청나라 사이를 이간질하는 군대를 파견하고서 강권의 집행자가 다시 그와 같이 말했다. 이는 미국 전략 아래의 오키나와에 대한 오늘날 일본인의 사고방식에 그대로 이어진다. 미합중국은 억만 금을 들여 죄를 묻는 전령을 베트남에 보내 극동의 안전보장 때문에 성심을 어지럽혔다. 그러나 이전의 타이완 정벌이나 오늘날 베트남전쟁처럼 강압적으로 '후의'를 덮어씌우는 짓을 우리 조상들도 했고 지금 우리도 미국에 빌붙어 그렇게 하고 있다. 그리고 정치의 톱니바퀴에서 가장 큰 부담을 짊어진 오키나와 주민들에게 굳이 이렇게 말하고서는, 양심의 가책을 느끼게 만드는 상상력을 스스로 억제하고 있다. 그것이 근대 일본인의 근본적인 정신 상태라는 사실을 깊이 생각하지 않으면 아무 일도 해결할 수 없다.

그리고 현재 본토 일본인의 천박한 오키나와 인식과 오만하고 뻔뻔스런 감각을 다음과 같은 말과 대조해 본다. "먼저 그 인민의 마음을 휘어잡는 것이 무엇보다 중요하다 생각합니다. 그 나라의 평범한 문장은 어떠한지, 말은 어떤 방언이 가장 잘 소통되는지를 먼저 살펴……."

구체적인 지식의 결여가 있다. 또 지식의 결여와 연동된 뿌리 깊은 상상력의 부족도 있다. 그 부족 탓에 인간의 육체와 정신에 영향을 주는 조악한 정치적 조작에 도덕적으로 둔감하게 지내는 경우도 있다. 류큐처분에 대한 정치적 평가를 아무리 폭넓게 인정하더라도, 이처럼 메이지 시대 일본인이 비뚤어진 성격을 가지고 있었다는 사실을 부정할 수 없다. 그리고 오키나와 전투를 비롯하여 지금까지 오키나와 상황과 관련하여 그 비뚤어진 성격을 적나라하게 드러낸 것도 부정할 수 없다. 아울러 마치 새로운 류큐처분처럼 마쓰다 미치유키의 언동이 오키나와 반환 교섭을 둘러싼 사토 내각의 태도와 그대로 일치한다는 우려를 가지게 된다. 그 추진 과정을 봐서 결국에 본토 일본인이 그 성격을 그대로 드러낸다는 것을 부정할 수 없다.

게다가 단순히 강권만이 아니라 야당, 그리고 야당에서 뛰쳐나온 저항 운동가한테서도 발견되는 일본인 모두의 뿌리 깊은 고질병이 아닌지를 의심하면서 나는 절망한다. 그것은 바로 일본인의 '중화사상'적 정서에서 비롯된다. 오키나와로 오는 본토 정치가를 만날 때마다 바로 그런 정서가 상상력 부족을 무마시켜 주고 있음을 나는 홀로 느꼈다. 나 스스로 아직 논리를 정립하지 못한 가설이라 정연하게 설명할 수는 없다. 그래서 나는 그 의심에 대해 끊임없이 생각하게 된다.

여하튼 우리 일본인에게는 복잡하고 모호한 세계의 중심 일본이라는 '중화사상'적 정서, 적어도 아시아의 중심 일본이라는 감각이 있다. 어디서 비롯된 것인지 왜 여태껏 살아 있는지 모르겠다. 그래서 나의 첫 출발 명제인 '일본이 오키나와에 속한다'는 발상에 대하여 일반적으로 육체와 정신이 뒤집어지는 불쾌감을 느낀다고 주장하고 싶다. 어쩌면 그것이 일본인의 정치적 상상력을 불치의 병에 걸리게 만드는 지름길은 아닌지?

그런 일본인의 정치적 상상력과 결코 타협할 수 없는 류큐 사람으로서 자립적 생각을 지닌 지식인, 이하 후유의 기록은 자못 암시하는 바가 크다. 널리 알려져 있듯이, 이 오키나와의 석학은 '류큐처분은 일종의 노예해방'이라는 생각을 가지고 있었다.

"구 삼사관(三司官, 류큐왕국의 재상—옮긴이)으로 담판 때 마쓰다 미치유키의 상대였던 우라소에 웨카타(浦添親方)는 어느 날 회의를 마치고 집으로 돌아와 식구들에게 이렇게 말했다. 바야흐로 일본은 발홍하고 청나라는 내리막이라 청나라의 무력에 호소하여 오키나와를 구할 수도 없는데, 사람들은 모두 헛된 기대를 품고 있다. '그런 일은 70년쯤 흘러서 일본이 쇠락할 때 가능'할 것이다."

자하나는 오키나와의 자하나가 아니라 일본의 자하나이다.

자하나 노보루(謝花昇)가 농과대학을 졸업하고 오키나와로 돌아갈 때 그의 재능을 안타까워한 은사의 이 말은 다양한 감회를 자아낸다. 실제 자하나 노보루는 일본인의 '중화사상'적 정서와 치열하게 싸우다 결국 미쳐 버렸다. 자하나는 은사의 말에 '아니, 나는 일본의 자하나가 아니라 오키나와의 자하나이다'라며 꼿꼿하게 거절하는 삶을 산 인물이었다. 그는 오늘날의 일본 본토와 오키나와 상황에 대해 예리하고 명확한 빛을 비추는 존재이다. 물론 여기서 자하나에 관해 상세하게 이야기할 생각은 없다. 하지만 1898년 오키나와 현민에게도 참정권을 부여하라는 자하나의 주장이, 현재의 국정 참가 문제와 깊이 관련된 본질을 담고 있다고 오다 마사히데(大田昌秀) 씨는 새삼 평가한다. 아울러 오사토 야스나가(大里康永)의 《오키나와 자유민권운동―선구자 자하나 노보루의 사상과 행동》(沖縄の自由民権運動―先駆者謝花昇の思想と行動)은 새로운 자료를 추가하여 복간되었다.

나는 자하나와 관련된 내 개인의 경험을 이야기하고자 한다. 이를테면 전후에 성장한 본토 일본인인 나에게 자하나가 어떻게 다가왔는지, 자하나에 대한 지식이 쌓이면서 어떻게 용기를 얻게 되었는지,

결코 회피할 수 없는 어둠과 어떻게 직면하게 되었는지 따위의 이야기이다.

오키나와에서 처음으로 주석 선거를 실시한 1968년 가을, 내가 참가한 혁신후보 야라 조스케의 여러 연설회에서 후보 이름을 제외하고 가장 많이 거명된 이가 바로 자하나 노보루였다. 본토 정당의 지지자가 참석한 공식 집회나 격식을 차린 집회에서만이 아니었다. 광풍이 몰아치는 어두운 교정에서, 집회의 필수품인 거적자리를 깔고 앉아 군용기 굉음 탓에 이따금 말을 멈추는 연사와 묵묵히 듣고 있는 농민을 대상으로 한 연설에서는 특히 그러했다.

기타나카구수쿠(北中城) 마을의 집회에서 열기로 어둠을 불사르며 류큐 방언으로 연설할 때, 언어를 무기 삼아 힘차게 부르짖던 소리, "고친다 자하나!"(東風平, 고친다는 자하나의 출신지―옮긴이)를 나는 지금도 똑똑히 기억하고 있다. 류큐 방언의 뜻도 모른 채 소리에 매료되어, 1865년 시마지리고오리(島尻郡) 고친다 마을 농가에서 태어난 자하나에 대해 알고 있는 모든 지식을 떠올리려 했던 기억이 난다.

그런 집회에서 자하나는 오키나와 사람의 희망을 구체적으로 구현하는 사람이었다. 그리고 오키나와 사람들은 오키나와 출신이 중앙 권력과 정면 대결하여 싸울 충분한 능력을 가지고 있으며 실제로 그런 싸움을 했다는 사실에 주목한다. 즉 자하나라는 이름은 오키나와 사람들에게 중앙 권력과 싸울 능력이 있으며 실제로 지금 그렇게 하겠다는 결의를 표명하는데 가장 효과적이다. 여기서 중앙 권력이라 함은 바로 워싱턴의 권력이며 또 그와 결탁한 도쿄의 권력이다. 그것이 지금 턱밑까지 다가온 것은 틀림없는 사실이다.

여러 면에서 많은 것을 환기시켜 주는 자하나 노보루라는 이름이 본토에서 온 인간인 나를 배척하고 거부한다고 느끼면서 거기 앉아 있었던 것일까? 아니 그렇지 않다. 자하나 노보루라는 풍성한 의미를 지닌 이름이, 그때까지 내가 알던 자하나에 대한 지식과 위태위태한 균형을 잡으면서 구원의 다리가 되어 주었다.

오키나와에서 시행은 안 되고 있지만, 오키나와 교사들의 종합적인 상상력을 뒷받침하는 헌법적 지방자치의 취지가 중앙 권력에 대한 오키나와 현민의 저항 정신과 일치되면서 민중의 권리를 다시 생각하도록 만들었다. 그리고 그런 주장의 선구자인 자하나 노보루의 이름을 오키나와에서 계속 거명하는 것을 일본국 헌법에 대한 강력한 강심제 주사로 여기게 만들었다.

농민의 아들인 자하나 노보루는 슈리 출신자들과 나란히 현비 파견 유학생으로 선발되어 도쿄에서 공부하면서 나카에 조민(中江兆民)의 영향을 받았다. '하사'한 것이 아닌, '회복'한 민권이라는 조민의 말은 오키나와 일본인의 민권 획득과 확대를 주장하는 사람들의 입을 통해 모든 의미에서 되살아났다. 민주주의의 선구자 모습을, 본토 일본인 나카에 조민의 사상에 바탕을 둔 오키나와 일본인 자하나 노보루라는 존재에서 찾을 수 있게 되었다.

이처럼 본토 자유민권운동의 연장선에서 자하나 노보루를 바라보며 한껏 고양된 경험은 아직도 잊히지 않는다. 하지만 자하나 노보루라는 이름은 그런 뿌듯함과 함께, 회복되지 않는 상처를 어루만지는 침울하고 착잡한 마음속의 그늘로 나를 데려가기에 이전보다 더 무거운 그림자를 드리운다.

다시 말하면 '자하나는 일본의 자하나가 아니라 오키나와의 자하나'라는 명제가 지닌 일본과 일본인에 대한 분명한 거절의 의미가 점점 확실해지면서 오늘날의 상황과 대응하기 때문이다.

자하나가 저항하고 자신을 철저하게 파괴하는 발광에 이를 때까지 그를 짓밟은 상대가 나라하라 시게루(奈良原繁) 현지사의 개인적 성격이나 그 배후인 중앙정부의 강권적 성격처럼 역사의 한순간으로 덮어 버릴 수 있다면 차라리 속 편할지도 모른다. 하지만 나라하라 현지사의 폭정과 자하나의 저항을 살펴보는 사람은 결국 오키나와의 저항자를 유약하게 만든 일본의 '중화사상'적 정서라는 거대한 실상과 마주하게 된다. 게다가 그것은 아직도 살아 숨 쉬고 있는 생명력이 강한 괴물이다. 자하나 노보루의 생애를 돌아보면서 나는 다시 출발 과제인 '일본인이란 무엇일까? 그렇지 않은 일본인으로 나를 바꿀 수 있을까?'라는 명제와 암울한 내 얼굴을 비춰 보며 골똘히 생각할 수밖에 없다.

자하나 노보루 생애에서 모든 선택은 그야말로 순교자의 삶을 살아가도록 정해진 전형적 인간의 광채와 빛으로 점철되어 있다. 본디 우리는, 순교자의 죽음을 목격하고는 어둠 속에서 웅성거리는 종교화(宗敎畵) 속의 등을 돌린 군중에 속할 뿐이다.

자하나 노보루는 학문의 핵심을 농업에 두었다. 오키나와의 첫 현비 파견 유학생으로 가쿠슈인대학(学習院大学)에서 공부한 학생 가운데, 중도에 포기한 한 명을 제외하면 두 명이 고등사범, 한 명이 게이오대학(慶應大學)으로 진학하였다. 이들과 확연히 다르게 자하나는 산림학교, 도쿄농림학교, 제국대학 농과대학이라는 특별한 길로 나아갔다. 오사토 야스나가 씨가 지적하듯이 그가 단지 농민의 자식이었기 때문만은 아닐 것이다. "농과대학을 택한 자하나의 마음속에는 언젠가 오키나와 농정 개혁에 진력하겠다는 생각이 싹트고 있었다. 자하나가 오키나와 해방의 사도로서 부르짖은 첫 외침이 나라하라 지사의 무모한 개간과 남벌 정책이었다는 사실은 농과를 선택한 그에게는 당연한 일이겠지만 새삼 우리에게는 기묘한 인연으로 느껴진다."

1891년 오키나와 출신으로 대학을 졸업한 1호 학사인 자하나가 나하의 미이구수쿠(三重城) 부두로 귀향할 때 고친다 마을 사람들은 깃발을 들고 나가 환영했다. 그보다 17년 전 청나라에서 유학을 마치고 귀국한 또 한 명의 수재가 바로 린 세이코, '베이친'이었다는 사실을 함께 떠올린다. 농학사 자하나는 평민 출신으로 학위는 일본 본토에서 획득했다. 하지만 일본의 '중화사상'적 정서에 대한 예리한 고발의 칼날은, 비록 나중에 미치기는 했지만 베이친의 강인함과 예리함을 넘어서는 것이었다. 나는 이 두 수재를 관련시켜 생각하고 싶은 유혹을 억누를 수 없다. 자결한 베이친에게는 쓸모없는 후의이지만 청나라 조정은 대렴금(大斂衾, 입관할 때 시신을 싸는 이불—옮긴이)을 하사했다. 죽은 자하나에게 "여론의 어머니, 오키나와의 지사"라는 글을 보낸 이는, 신해혁명을 달성한 시점의 쑨원(孫文)이었다.

고향으로 돌아와 오키나와 현의 농업기사로 임명된 자하나는 사탕이나 쌀 등의 현물 납세 제도를 금납(金納) 제도로 바꾸는 것부터 시작해서 농공은행을 창립하고 대주주의 독점을 막는 방법에 이르기까지 착실하게 업적을 쌓아 갔다. 제당법 개량, 조림법 실지(實地) 지도, 잠업 연구 등 자하나의 폭넓은 활동과 착실한 성격은 그야말로 실학 계몽가와 같았다. 그러고는 바로 나라하라 지사와 투쟁을 시작했다. 자하나가 기사로 임명된 이듬해에 오키나와 현지사가 되어, 자하나가 광기로 죽은 해에 오키나와를 떠난 나라하라를 비롯하여 오키나와 특권계급을 오사토 야스나가 씨는 이렇게 고발한다. 두말할 필요도 없이 나라하라라는 이름은 일본의 '중화사상'적 정서에 살을 붙인 존재를 상징하는 것으로 이해해야 한다.

"나라하라가 뛰어난 수완으로 일면 이득이 있다고 유혹하자, 항상 겁 많고 우유부단한 태도로 청일 양국의 안색만을 살피던 오키나와 특권계급은 하나둘 모두 따라가 버렸다. 그리고 그들은 스스로를 낮추어 나라하라의 주구가 되고, 이당(吏黨, 메이지 시대 초기 제국의회에서 정부 편에 선 정당─옮긴이)의 선봉이 되어 민당(民黨, 메이지 시대 자유민권운동을 추진한 자유당, 입헌개진당 등 민권파 여러 당의 총칭─옮긴이)을 강하게 압박하고 자유 지사나 오키나와 해방의 사도들을 박해했다. 오키나와 사람이면서도 오키나와 사람이 아닌 이런 태도는 나라하라 폭정과 함께 오래오래 기억해야 하며, 바로 이런 특권계급이야말로 나중에 나라하라와 함께 자하나를 분사(憤死)시킨 저주스런 존재이다."

나라하라의 소마 산 개간 강행에 대하여, 조림(造林) 전문가인 자하나의 저항 방법은 과학적이고 현지 조사와 미래 전망에 입각한 것이었다. 또 그것을 관통하는 논리는 오키나와 현민의 경제적 자립을 목표로 삼고 있는 강력한 것이었다. 그러나 자신의 기만적인 논리를 하나하나 무너뜨리자 나라하라는 자하나를 개간 사무주임에서 내쫓았다. 나라하라가 자하나의 저항을 약화시키고 자신의 계획을 강행하자 오키나와 산림을 사유화하려는 세력이 봇물처럼 불어났다. 애초에 개간의 구실이 되었던 구제의 대상인 가난한 사족 대신에, 중앙권력에 굴복한 쇼가(尚家)를 비롯한 오키나와 특권계급, 나라하라와 친분이 있는 본토의 재벌과 유력 정치가들의 이름을 두꺼운 토지 개간자 명부에서 확인할 수 있다.

오키나와에 가면 토지를 마음대로 가질 수 있었다는 오사토 야스나가의 표현은 너무나 통탄스럽다. 본토 일본인은 산림을 남벌하고 농민들한테서 소마 산 입회권(入会權, 산림·들·어장의 공동 이용에 대한 권리―옮긴이)을 빼앗는 등 그야말로 오키나와의 토지를 마음대로 가져갔다. 그렇기에 폭넓고 장기적인 전망을 지닌 오키나와의 실천적 지식인은, 부당하게 오키나와 자연을 파괴하는 일본의 '중화사상'적 정서가 폭력적으로 진행되는 광경을 목격하고는 자신의 몸과 마음을 다 바쳐 저항하다 결국 배척당하고 미쳐 버렸다.

나라하라의 악정에 대한 자하나 노보루의 적극적인 저항은 참정권 문제를 중심으로 하는 자유민권운동으로 오랫동안 지속되었다. 하지만 자하나는 1898년 관직을 사퇴하고 오키나와구락부를 근거지로 계속 저항하다가 물질적 곤궁함에 부닥쳐 결국 직장을 구하러 오키나와를 떠나 본토로 갔다. 그와 대립한 사실이 이제야 밝혀진 일본의 '중화사상'적 감각을 지닌 소시민들이 우왕좌왕하는 고베 역에서 자하나가 발광한 것은 1901년이다. 절망적일 정도로 과감하고 격렬했던 저항을 불사른 기간이 그처럼 짧았다는 사실이 또다시 우리 마음을 흔들어 놓는다.

자하나에 관한 강한 침투력을 지닌 나의 어둡고 무서운 고정관념은, 고베 역에서 지금 막 발광하려고 하는 명민하고 실증적인 두뇌와 부릅뜬 두 눈을 지닌 모습이다. 일본인의 이기심과 둔감함, 임시방편의 전망 결여가 훤히 다 보이는 가면을 쓰고도 모른 척 일본의 '중화사상'적 정서를 구체화시킨 우리가 고베 역 앞을 지나가고 있다. 자하나의 눈이 이 모든 사람을 목격한다. 그는 자신의 이념이 세우고 자신의 실증이 지원한 오키나와 구상, 나아가 일본 구상을, 옆을 지나가는 저속한 일본인들이 유린하는 것을 바라본다. 그는 가장 상대하기 힘들고 까다롭고 비속하고 혐오스런 적에게 둘러싸여 이방인인 자신을 발견한다. 지쳐 있는 자하나의 내면으로 공포와 혐오가 나사못처럼 깊고 정확하게 뚫고 들어가 상처 내고는 죽는 순간까지 멈추지 않는 광기의 피를 흘리게 만들었다.

그런 자하나의 이미지에 사로잡힌 나는 자연스럽게 또 하나의 광경을 그려 본다. 광기가 극한에 이를 때까지 각성되어 있던 자하나의 주위를, 일본인들이 별다른 불편함도 없이 사소한 일본의 '중화사상'적 정서를 저마다 근거도 없이 확신하며 지나가고 있다. 그가 정신병원으로 들어간 뒤에도 그곳을 지나갔으며 지금도 그곳을 지나가고 있으며, 그 인파 속에 나 자신도 지나가고 있다.

사토-닉슨 회담을 앞두고 현재 일본 신문을 뒤덮고 있는 것은 모호하고 기만적이고 의심스러운 말의 홍수이다. 자하나처럼 명민한 통찰력과 실증 정신을 갖춘 과학적 인간이라면 초조할 수밖에 없다. 핵 제외는 '타결,' 핵 제외 '모호하게 표현' 따위의 제목과 함께 '그런 느낌' 같은 이상한 말이 정부 수뇌부 발언의 근간을 채우고 있다. 그런데도 여전히 '정부, 핵 철거를 확신'이라는 소제목은 일본인들을 우롱할 의도는 아닌 것 같고 무언가 특별한 의도로 제시한 것은 아닐까? 그것은 무엇을 의미하는 것일까?

일본인이 모호하고 기만적인 말을 과학적·실증적으로 검증하지 않는 성격을 갖고 있기 때문은 아닐까? 게다가 불안감조차 없는 것은 일본의 '중화사상'적 정서가 논리도 없는 암부(暗部)에 똬리를 틀고서 또는 모호한 상태로 내버려 둬도 잘 굴러가서, 의심암귀(疑心暗鬼)는 '중화사상'에서 배제된 약자들이나 하는 짓이라고 아무 근거도 없이 비웃기 때문은 아닐까? 예상이 뒤집어지면 한 치 앞이 캄캄한 곳이건만. 비옥한 목초지인 양 그곳에 자기는 갈 수 있도록 대책을 세워 두었다는 식의 잔머리가 뛰어나고 근거도 없이 잘난 척하면서 나 몰라라 하는 기질이 작용한 때문은 아닐까?

한편 이런 현상과 대조적으로 외신에서는 지나치게 노골적인 말이 쏟아지고 있다. "오키나와 통치권이 일본에 반환되는 경우, 오키나와에서 영업하고 있는 미국계 기업들은 자사에 대한 경제적 배려가 후퇴하지 않을까 우려하고 있다. 또 해외미국상업회의소 아시아태평양 평의회는 '일본 기업과 공동경영 형태를 강제할까 염려스럽다'고 요청하는 전보를 닉슨 대통령에게 보냈다." 신문에 조그만 기사로 실렸지만 너무나 큰 균열을 발견하게 된다.

광기의 순간까지 각성하고 있던 자하나 노보루의 어둡고 예리한 눈이 이렇게 진행되는 오키나와 반환 교섭을 응시하고 있다고 생각하면, 내 내면에서 류큐처분의 갈등이 하나하나 일본의 '중화사상'적 정서를 밀어 올리고 흔들고 헤집으며 준동시키는 것을 억제할 방법이 없다. 어둡고 예리한 그 눈이 묻는다. 그렇게 해서 "앞날이 밝을 거라 생각하니?"

(1969년 10월)

OKINAWA NOTE 05

씁쓸한 세상

총리의 미국 방문이 다가오면서, 마치 더러운 손이 가슴팍을 헤집고 들어오는 충격적인 말들이 이따금씩 눈에 띄고 귀에 들려온다. 신문이나 길거리의 전단지에서, 집회 연설에서 그런 말들은 기다리고 있었다는 듯이 뛰쳐나와 나를 사로잡았다. 마치 혁신정당의 다양한 정치적 주장의 핵심에 뿌리를 내리고 거기서 홀로 일어서서 나온 듯이, 분명하고도 생생하게 내 눈과 내 귓전까지 다가왔다. 바로 '본토의 오키나와화'라는 말이다.

　우리나라 외상이 "그 엄청난 미군 전몰자가 나온 오키나와가 평화적인 대화로 돌아선 것은 세계 역사상 유례가 없는 '위업'이라 생각한다"고 말한 신문기사를 보고 망연자실했던 악몽을 다시 끄집어낼 생각은 없다. 몇 달 전 "오키나와에서 피를 흘린 전우들 앞에 맹세하건대 오키나와는 우리 것이다"라며 미국 재향군인 단체가 시위를 벌였다는 외신을 접하고 느꼈던 역겨움보다 더 심한 말이다. 외상의 말은 나에게 치유 불가능한 맹독을 뿌렸지만, 지금 여기서 검토하려는 말과는 차원이 다른 문제이다.

본토 혁신정당을 중심으로 한 혁신 세력은 오키나와 문제에 점점 깊이 관여하게 되면서 논리를 세워 나갔다. 특히 총리의 미국 방문을 목전에 두고서는 서둘러 슬로건을 전면에 내세웠다. 그중 하나로 '본토의 오키나와화'를 반대한다는 슬로건을 새로 채용한 사실에 대해 생각해 봐야 한다. 오키나와에서 복귀운동은 착착 진행되면서 구체적인 어려움을 하나하나 극복했다. 즉 운동 자체를 강화시키고 운동의 방향성을 명확히 하여 그 폭과 깊이를 강고하게 구축해 왔다. 그런데 본토에서 들어온 계파의 힘은 복귀운동이 혁신정당의 운동과 연계되어 있다고 하지만 때로는 거칠게 흔들어 댄 사실을 부정할 수 없다. 즉 "1960년부터 10년 동안 안보조약 폐기 문제, 특히 오키나와 반환 문제를 계속 보수 자민당 정권의 절충에 맡겨 둔 사실을 통탄하면서 저부터 큰 책임감을 느낍니다"라는 나카노 요시오(中野好夫) 씨의 말처럼 그 사실을 부정할 수 없다. 하지만 그 모든 것을 고려하더라도 오키나와와 관련하여 본토 혁신정당이 앞으로 해나갈 역할을 지금까지 벌여 온 운동과의 지속적인 관련성 위에서 기대하지 않을 수 없다.

그러하기에 본토 혁신정당이 정당 차원만이 아니라 총평(일본노동조합총평의회, 1950년 결성된 노동조합의 전국 조직—옮긴이)과 더불어 채택하고 있는 '본토의 오키나와화'라는 말이 나를 멈추게 하고 고민하도록 만들었다는 사실을 밝혀 두고 싶다.

'본토의 오키나와화'라는 말이 발신자를 떠나 수신자의 상상력 속으로 들어갈 때, 자연스런 현상이지만 도대체 어떤 이미지와 실체를 연쇄적으로 만들어 낼까? 그리고 그것은 현실의 오키나와에 관한 확실한 지식과 경험을 가진 사람들에게 어떤 의미로 다가갈까를 생각한다. 그때 발신자 내면에 가장 근접한 것이겠지만, 이 말의 수신자는 일단 통치권과 기지 문제를 분리시킬 것이다. 그러고는 기지, 오키나와 미군기지, 핵무기를 갖춘 오키나와를 생각할 것이다. 즉 베트남전쟁에 출격하는 B-52전략폭격기가 시도 때도 없이 발진하고, 항시 사고 위험을 지닌 원자력잠수함이 쉴 새 없이 항구로 드나들면서 바다와 물고기를 오염시키고 있는 오키나와를 생각할 것이다. 그러면서 동시에 그처럼 구체적인 '본토의 오키나와화'는 있을 리 없다고 생각할 것이다. 현재 오키나와의 미군기지 밀도가 본토보다 훨씬 높다. 수신자는 자신의 상식적 감각(확실한 근거가 없어도)에 따라, 미군이 오키나와에 핵무기와 화생방 부대를 몰래 배치한 상황을 양보하지는 않겠지만, 그렇다고 굳이 그것을 본토로 옮겨 올 리는 없다고 생각할 것이다.

　　바로 그때 '본토의 오키나와화'에 반대한다는 슬로건에 일종의 틈새 바람이 불기 시작한다. 틈새 바람으로 각성된 사람들은 이런 생각을 할 것이다. '그러한' 오키나와에 여태껏 효과적으로 반대하지 못한 본토 일본인이, 본토가 '그러한' 오키나와로 되는 것을 반대한다는 논점으로 이동하기 전에 반드시 한 단계를 거쳐야 한다는 것이다. 즉 오키나와의 '그러한' 현상 파괴를 첫 번째 목표로 삼아야 한다는 것이다. 이 슬로건이 한 단계를 더 거친 '본토의 오키나와화' 반대라고 알고 있는 사람도 어쩌면 일본인을 향한 오키나와의 구호가 아니라 오로지 본토 일본인만을 향한 구호일지 모른다는 의구심을 가지게 될 것이다.

오키나와를 둘러싼 국제 관계를 시간과 지도와 연관시켜 멀리 그리고 넓게 바라보는 상상력을 지닌 사색가에게 '본토의 일본화'는 확실한 실체를 띠고 있는 게 분명하다. 만약에 '본토의 오키나와화'를 다음과 같이 이해하고 있다면, 그 말의 수신자는 틀림없이 암울하고 무서운 일격을 받게 될 것이다. 바로 오키나와 핵기지를 일본 땅에서 다시 인정하는 것으로 말이다. 다시 말하면 '오키나와 반환' 이후(!) 일본인이 확인할 수 없는 조건 아래서 일단 철거하고 난 뒤 다시 애매한 사전 협의에 따른 점검이라며 핵무기를 재반입할 수 있다는 것이다. 즉 일본인이 실질적 힘을 가질 수 없는 교묘한 방식으로 재반입하여 핵 위협과 그 가능성으로 일본이 중국과 북한의 적대국임을 노골적으로 드러내고 베트남전쟁의 직접적인 기지로 계속 두게 되는 것이다. 그것도 '나라를 지킨다는 기개로' 자주적으로 하고 있다고 말이다.

하지만 나는 여전히 또 다른 위화감이라는 틈새 바람이 불고 있다고 느낀다. 위에서 말한 의미에서 '오키나와화되지 않은' 본토를 흠결이 없다고 한다면, 사실에 입각하건대 그것은 잘못된 판단이다. 그런 의미에서 생각의 진전을 위해 먼저 오키나와를 '그러한' 오키나와에서 탈피시키는 단계, 앞서 언급한 그 한 단계가 필요한 것이다.

아울러 '본토의 오키나와화'라는 말이 일반적으로 지금처럼 오키나와를 방치하는 게 '본토 오키나와화'보다 낫다는 수용 방식으로 나아가지는 않더라도, 본토 일본인의 이기심에 한 줄기 빛을 던져 오키나와를 멀리할 구실을 제공하지 않을까 하는 기본적인 의구심마저 든다.

적어도 '일본이 오키나와에 속한다'는 방향의 사고방식에서 '본토의 오키나와화'에 반대한다는 명제는 나오지 않는다. '본토의 오키나와화'에 반대한다는 혁신정당의 발상 저변에도 역시 일본의 '중화사상'적 정서가 은밀하게 꿈틀대고 있을지 모른다는 의구심을 가지게 된다. 어떤 정당, 어떤 노동운동 단체의 슬로건에 대한 시비조의 의구심이 아니라, 그런 혁신운동의 확산을 기대한 사람으로서의 자성이다. 어느 날 아침 '본토의 오키나와화'에 반대한다는 슬로건을 인쇄한 전단지를 앞에 두고서, 적어도 나는 오키나와 친구들과 그것을 같이 읽어 볼 용기가 없다.

그런데 총리는 미국 대통령과 함께 워싱턴에서 공동성명을 발표했다. 이제 '본토의 오키나와화'는 혁신운동 측의 '본토의 오키나와화' 반대라는 문맥에서 걸어 나와 홀로 걷기 시작했다. 혁신정당의 슬로건 속에 있었던, 태어나기 전 혹은 요람에서 사라졌어야 할 괴물이 지금은 현실의 한 측면을 파악하는 방법으로 살아남았다. 그런 '본토의 오키나와화'라는 상황 논리로는 일본인 전체 차원에서 오키나와 현지 사람들의 고난에 찬 경험과 그와 연동된 '회복적' 민권 사상 및 행동을 어떻게 짊어지고 어떻게 살려 나갈지 방법을 찾을 수 없다. 그것을 나 자신의 문제로 여기며 절체절명의 위기감을 느낀다. 1972년의 '본토 복귀'가 사실은 오키나와 민중과 본토 일본인 사이의 본질적 괴리를 결정짓지는 않을까 하고 자신의 병을 예감한 것처럼 두렵기만하다. 이제 막 오키나와 역사 공부를 시작한 사람 눈에도 괴리의 실례들이 너무나 구체적으로 많이 보이기에 똑똑히 알 수 있다.

공동성명 발표문을 영어와 일본어로 차례로 읽어 보면 '또 하나의' 텍스트가 서서히 머릿속에서 또렷하게 형태를 갖추어 간다. 일본 국내 기자회견에서는 폐쇄적이고 오만하고, 혹시 오키나와 현지 보도진과 단독 회견을 한다면 분명히 차별적이고 오만했을 총리이다. 그런 그가 핵무기와 관련하여 미국 대통령과 이야기 나눈 1급 비밀을 워싱턴 내셔널프레스클럽에서 아부의 수작으로 공공연히 말해 버렸다. 그 기이한 단순함이 진지하게 공동성명 발표문을 검토하려던 내 생각을 한순간에 무너뜨렸다. 하지만 나를 사로잡은 '또 하나의' 텍스트는 핵 전제왕조 군주의 이미지이기에 나 자신의 운명이 이 공동성명에 달려 있음을 부정할 수 없다. 즉 영어로 미국 민중에게 작용하는 것이나 일본어로 일본 민중에게 작용하는 것과는 완전히 다른 제3의 작용을 하는 텍스트이다. 핵 전제왕조의 군주는 대통령과 총리의 의도를 다 가지고 있으며, 게다가 실제로 그보다 훨씬 거대한 존재이다.

미국 대통령과 일본 총리 이름으로 발표된 이 성명은 바로 오키나와 민중의 존재와 사상, 그리고 히로시마와 나가사키의 경험을 무겁고도 아프게 가지고 있는 사람들의 존재와 사상을 유린하듯이 왜곡하고 조롱하였다.

그렇다고 완전히 무시한 것은 아니다. 성명 자체가 아니라 별개의 것을 이기적으로 주장하기 위한 예로서 후안무치하게 이용하였다. 만약 내가 오키나와 민중 또는 히로시마와 나가사키를 경험한 민중으로 공동성명의 다음 두 문장을 발견하고 그 의미를 충분히 상상할 수 있다면, 더러운 걸레로 얼굴을 닦는 느낌을 갖게 될 것이다.

　　총리대신은 미일 우호관계에 기초하여, 오키나와의 통치권을 일본에 반환하고 오키나와를 정상적 상태로 회복시키려는 일본 본토 및 오키나와 일본 국민의 강한 요망에 부응할 시기가 도래했다는 견해를 밝혔다. 대통령은 총리대신의 견해에 이해를 표했다.

　　총리대신은 핵무기에 대한 일본 국민의 특수한 감정 및 그에 대한 일본 정부의 정책을 상세하게 설명했다. 이에 대해 대통령은 깊은 이해를 표하고……

　미국 대통령은 이해를, 그것도 깊은 이해를 표했다. 그리고 실제로 반영된 '이해, 깊은 이해'라는 것은 극동 정세 하의 오키나와 기지가 그들에게 중요하다는 사실을 확인하고, 핵무기와 관련된 미일안보조약의 허울뿐인 사전 협의를 재확인한 것이었다. 그 어디에도 오키나와 민중의 소망이, 히로시마와 나가사키를 겪은 민중들의 핵무기에 대한 사상이 포함되어 있지 않았다.

　핵전략에 따라 베트남전쟁을 수행하고 있는 나라의 대통령에게 그런 것을 기대하는 순진함은 조롱거리가 될 뿐이다. 덧붙여 우리나라 총리가 "오키나와 일본 국민의 강한 요망"이라는 말을 하자마자, 그 말로 제시된 모든 것은 진흙으로 변해 버리고 만다. 이어서 "핵무기에 대한 일본 국민의 특수한 감정"이라는 말을 하자마자, 일본인의 원폭 체험과 계승 노력이 모두 덧없는 재가 되어 버린 듯이 너무나 허망해 진 나의 심정을 밝혀 두고 싶다.

일본인한테서 참 경험으로서의 히로시마와 나가사키를 말살하고 박탈하려는 움직임은 지금껏 의도적으로, 그리고 내면의 풍화 같은 자기 파괴 작용으로도 있어 왔다. "과연 원폭 체험은 일본인에게 참 경험이 되었는가?"라는 근원적인 질문을 스스로에게 끊임없이 던져 야만 한다. 어쩌면 원폭의 참 경험이라는 인간적 샘물은 이미 회복할 수 없을 정도로 고갈되기 시작했는지 모르겠다. 그렇기에 "일본인이 란 무엇인가?"라고 스스로에게 질문을 던져야만 한다.

바로 지금이 오키나와에서 축적된 희생과 그에 호응하는 '회복적' 민권 사상에 대해 수수방관한 본토 일본인으로서의 자신을 직시할 때이다. 오키나와의 반전운동과 복귀운동은 핵무기 문제와 함께 지 속적으로 주도면밀하게 그 질문을 중요하고도 확실하게 표면화시키 고 있다. 그런 일본인 아닌 일본인한테서 헌법적 권리도 보장받지 못 하고 방치된 핵기지 오키나와와 거기 살고 있는 민중은 어렵지만 확 인 가능한 이 두 조건을 과제로 제시하고 있다. 바로 그것이 오늘날의 상황이다.

총리는 이 두 조건을 미해결로, 불완전 연소 상태로 의심스럽게 처 리하고서는 일본 민중에게 모호한 사탕발림과 공갈이라는 낡은 수법 으로 자신의 방식을 수용하도록 만들고 있다. 1972년 오키나와 반환 이라는 화려한 거짓 불꽃과 외침이 이 두 조건을 자신의 본질과 관련된 과제로 수용할 수 있는 기회로부터 슬그머니 도망칠 수 있도록 만들었다. 바로 일본인들이 현대사에서 미루고 미루어 오던 큰 부채를 정리할 수 있는 기회로부터 말이다.

불꽃이 사라진 뒤에도 여전히 두 조건의 근본적 자성과 경험을 통해 견고하고 새로운 존재가 되지 못하고, 그저 망각하고서 구태의연하고 유약한 모습으로 서 있는 일본인을 상상한다. 나는 두렵다. 진짜 무기를 스스로 포기하고 빈털터리로 멍청히 서 있는 일본인은 여전히 미국 핵 전제왕조의 위태위태한 조각배에 편승하고 있다. 새로운 일본인을 구성원으로 삼은 자립한 아시아를 환상이라 한다면, 그 정면에는 그 어떤 환상도 가지지 않은 진정한 중국과 조선의 민중이 노골적이지만 정당한 적대감을 품고 서 있다. 그런 상황에 처한 일본을, 어느 누가 '오키나와화 된 본토'라는 책임 소재가 불분명한 말로 숨길 수 있을까?

곧 열릴 강화회의에서 오키나와 귀속 문제가 결정된다. 따라서 그때까지 오키나와 사람은 그 문제에 대한 희망을 이야기할 자유가 있다. 하지만 지금의 세계정세로 봐서 그들은 자기 운명을 스스로 결정할 수 있는 처지가 아님을 인식해야 한다. 그들은 자손들에게 '이러고 싶다'고 희망할 수는 있어도 '이래야 한다'고 명령할 수는 없다. 현이 설치된 이후 약 70년 동안 인심 변화를 살펴보더라도 수긍이 간다. 아니, 전통도 다른 전통으로 바뀌는 것을 각오해야 한다. 모든 것은 뒤에 오는 자의 의지에 맡겨 둘 수밖에 없다. 여하튼 어떤 정치 아래에서 생활할 때 오키나와인은 행복할까 하는 문제는 오키나와 역사의 범주 바깥에 있기에 일절 언급하지 않는다. 그저 여기서는 제국주의가 지구상에서 종말을 고할 때가 되어서야, 오키나와인은 '쓸쓸한 세상'에서 해방되어 '달콤한 세상'을 즐기고, 개성을 충분히 살려 세계 문화에 공헌할 수 있을 것이라는 한마디만 덧붙이면서 붓을 놓으려 한다.

이하 후유는 1947년 7월 9일 이처럼 유서 같은 문장을 《오키나와 역사 이야기: 일본의 축도》(沖繩歷史物語: 日本の縮図)에 덧붙이고 한 달쯤 지나 세상을 떠났다. 본토에서 궁핍한 가운데 생의 마지막 순간을 맞이한 오키나와학(沖繩學)의 대가는 한쪽으로는 미 점령군, 다른 한쪽으로는 본토 정부를 복잡한 눈으로 바라보고 있었다. 그야말로 오키나와 사람다운 자신만의 독자적인 관점을 분명히 제시하면서 오키나와의 '뒤에 오는 자'에게 메시지를 남겼다. '쓸쓸한 세상'을 살아온 강건한 오키나와인이 미 점령군, 본토 정부라는 두 '권력'에 대한 굴절된 비평 정신을 분명히 밝힌 글이다. 오키나와의 일본인과 오키나와를 통해 새삼 '일본인이란 무엇일까?'를 고민하는 본토 일본인에게 전후 역사와 더불어 점점 무거운 중압감을 더해 주는 메시지이다.

그해 5월 아시다 히토시(芦田均) 외상은 "일본은 재군비 문제를 거론할 의사가 없다. 그러나 본섬 부근의 작은 섬 일부를 반환해 주면 좋겠다고 희망한다. 오키나와와 지시마(千島, 쿠릴열도—옮긴이) 일부가 거기에 포함된다. 일본 경제로 봐서 오키나와는 그다지 중요하지 않지만 일본인은 감정적으로 이 섬의 반환을 희망하고 있다"고 외신 기자단에 말했다. 사토-닉슨 공동성명에서도 귀에 못이 박힐 정도로 사용된 '감정'이라는 말을, 이하 후유가 현대사 서술로 오키나와 역사 이야기를 마치던 순간, 쓸쓸하고 각성된 눈으로 어떻게 바라보면서 앞의 담화를 인용했을지 생각해 본다. 생각만 해도 두려움에 몸서리가 난다.

먼저 오키나와 반환에 대한 일본인의 감정, 핵무기에 대한 일본인의 특수한 감정 같은 실체가 불분명한 말을 발판으로 외교를 절충하려는 본토 정부의 상투적 수단이 가시가 되어 내 의식을 아프게 한다. 그리고 본토 일본인이 오키나와 민중에게 도대체 어떤 '감정'을 가지고 있었는지, 히로시마와 나가사키 체험이 국민적 참 경험이 되었는가 하는 의구심과 함께 또다시 가시가 되어 아프게 한다. 그런 통증을 넘어 이하 후유가 어떻게 담화를 지켜봤는지를 우리는 상상력을 발휘하면서 부단히 생각해 봐야 한다.

이하 후유는 담화에 대한 상하이 국민정부 외교 소식통의 반응도 인용했다. "연합국은 일본 국민의 침략 정신이 완전히 소멸될 때까지 장기간 일본을 관리해야 한다. 오키나와는 본디 중국 영토로서 일본의 요구는 몹시 불합리하다."

그리고 처음부터 '권력' 핵심에 있었던 강력한 대표자의 말을 인용하며 이렇게 말한다.

"맥아더 원수가 6월 27일 세계 일주 비행기를 타고 일본을 방문한 미국 언론인 일행을 미국 대사관 오찬에 초청하여 나눈 이야기를 미국 언론이 보도했다. "오키나와 제도는 우리의 천연(天然) 국경이다." 미국의 오키나와 보유를 일본인이 반대하리라고 생각하지 않는다. 왜냐하면 오키나와인은 일본인이 아니며 더구나 일본인은 전쟁을 포기했기 때문이다. 미 공군의 오키나와 배치는 일본에게 큰 의미가 있으며, 확실히 일본의 안전을 보장할 것이다.' 이런 발언은 아시다 외상의 담화에 대한 간접 답변으로, 바로《고교조》(御教条, 1732년 발표된 류큐의 교서─옮긴이) 제1장을 연상시킨다. 거기에는 오키나와인의 나아가야 할 방향에 대한 시사도 담겨 있다."

오키나와 역사 전문가인 이하 후유는, 상하이 국민정부의 외교 소식통이 오키나와는 본디 중국 영토라 주장하고, 미군 장성이 오키나와인은 일본인이 아니라고 말한 내용을 민감하게 받아들였다. 국민정부가 강화회의에 대해 참견할 경우 일본 외상이 추측하는 것보다 훨씬 심각한 문제가 발생한다는 것을 이미 예상하고 있었다. 그의 마음속 저울 한쪽에 일본을 놓고서 반대쪽에서는 중국과 오키나와의 교섭 역사가 복잡하게 얽히면서 상기된 것이 분명했다. 아니 '오키나와는 본디 중국 영토가 아니다'라는 역사 인식을 이하 후유는 냉철하게 자각하고 있었던 것이 틀림없다. 아울러 '오키나와는 본디 일본 영토다'라는 방향으로 전개되지 않은 것도 알고 있었을 것이다. 두 명제의 틈새에서 죽음을 앞둔 이하 후유가, 오키나와는 본디 중국 영토가 아니라고 반격을 하다가 멈추어 서서는 오키나와 상황을 바라다보는 모습이 영화 속 정지 화면처럼 떠오른다. 그런 오키나와의 위대한 석학의 스틸 사진과 유서 같은 구절이 나를 사로잡았다.

이어서 맥아더 담화의 '오키나와인은 일본인이 아니다'라는 구절에 대한 이하 후유의 반응 방식을 상상한다. 이하 후유는 '아니, 오키나와인은 일본인이야'라고 역사학에 바탕을 두고 쉽게 반론할 수 있다. 그런데 벌어지기 시작한 틈새에 이하 후유가 발을 단단히 딛고서 뭔가를 골똘히 생각하는 모습이 머릿속에 떠오른다. 국민정부 외교 소식통의 반응과는 달리 침묵하는 이하 후유의 복잡한 내면으로 들어가려는 사람들을 위한 구체적인 실마리가 완곡하게 표현되어 있다.

바로 《고쿄조》 제1장에 대한 언급이다. 이하 후유는 "거기에는 오키나와인의 나아가야 할 방향에 대한 시사도 담겨 있다"고 했다. 오키나와인이 나아가야 할 방향이 구체적으로 무엇을 의미하는지, 오키나와인이 나아가야 할 방향으로서 '뒤에 오는 사람들'에게 남긴 그의 메시지는 무엇인지를, 이 노학자의 생각을 따라 사고하려는 사람들에게 묻는 것이다.

이하 후유는 같은 책에서 미리 이렇게 쓰고 있다.

《고쿄조》는 오키나와인이 어떻게 생활해야 하는지를 가르치는 국민서로 아주 쉬운 조문(條文)으로 되어 있는데, 사이온(蔡溫)은 첫머리에 자국의 입장을 다음과 같이 밝히고 있다.

'덴손(天孫, 류큐 역사서에 나오는 최초의 왕가―옮긴이) 씨는 나라는 세웠지만 정치다운 정치나 제도다운 제도도 없었고, 게다가 작은 섬나라였기에 애초부터 자유롭지 못해서 해외무역에 종사하여 겨우 나라 살림을 꾸렸다. 하지만 내란이 끊이지 않고 인민은 도탄에 빠져 고통을 받았다. 그때 마침 명나라와 왕래하여 제도는 겨우 만들었으나 백성들의 생활은 이전과 별반 차이가 없었다. 게다가 여기저기서 난리가 일어나 나라에 소란이 심했다. 이후 병난은 잠잠해졌지만 정치 방식이 좋지 않아 풍속도 나빠져만 갔다. 그런데 본국(사쓰마)의 지배 아래에서 생활하면서부터는 나랏일이 다 뜻대로 되고 정치 방식도 좋아져서 풍속도 점점 개선되었다. 그리하여 지금은 상하 만민이 안심하고 살 수 있게 되었다. 이처럼 살맛 나는 시절이 된 것은 오로지 본국 덕분이기에 그 후은을 언제까지나 잊지 않도록……'

이것은 오키나와의 고도고(孤島苦)를 설파한 것으로, 시마즈 씨(島津氏, 사쓰마 번을 지배한 가문―옮긴이)의 감시 아래에서 오키나와인의 활동은 상당히 제한되어 자신의 힘으로는 벗어날 수 없다는 것을 암시하고 있다. 예전에는 원기왕성하게 사방으로 뻗어 나갔던 섬사람들을 꼼짝달싹할 수 없는 좁은 곳에서 생활하게 만들려고 노력한 정치적 고심은 이만저만이 아니었다. 그는 동포들이 훗날 노예에서 해방될 것이라 예견하고서 해방의 날에 시체로 발견되지 않도록 살려둘 방법을 고심해야 했다.

이 문장을 통해, 맥아더 담화에 대하여 시대 상황 때문에 처음부터 끝까지 암시적으로만 표현한 이하 후유의 참뜻을 분명히 알 수 있다. 이하 후유는 '오키나와 제도는 우리의 천연 국경이다'라는 미군 장성의 말을 듣고서, 오키나와인의 활동이 또 다른 시마즈 씨의 감시 아래 제한당하고 있는 적나라한 실상을 절망적이지만 또렷이 인식하였다. 그리고 구제할 수 없는 현실의 밑바닥까지 직시한 쓸쓸한 인식 위에서, 아니 오히려 그 인식을 지렛대로 삼아 오키나와인의 자립에 대한 전망뿐 아니라 오키나와인이 나아가야 할 방향에 대해 시사하는 바를 찾아냈다.

미군정 하의 '쓸쓸한 세상'에 대한 현실적 예견을 가지고서도 그 반대편 '달콤한 세상'에 본토로 복귀한 오키나와를 설정하지 않았다. 장차 미군정 아래에서 오랜 세월 살아가야 할 오키나와인의 운명을 중심으로 언젠가는 오키나와인이 자립하는 방향으로 나아가리라 확신했다. 따라서 전통마저도 다른 전통으로 대체되는 것을 각오하고서 '뒤에 오는 자' 바로 뒤에 오는 새로운 오키나와인에게 '너희 의지를 완전히 자유롭게 해방시켜라!' 하고 부르짖었다. 그렇게 오키나와의 미래를 상상한 것이 이하 후유 생애 마지막 순간의 사상이었다고 생각한다.

그것은 1947년 여름에 본토의 외교 책임자가 말한 "일본인은 정서적으로 이 섬의 반환을 희망하고 있다"는 애매한 내셔널리즘의 논점을 오키나와인의 입장에서 단호히 거절하는 사상이다. 이하 후유는 '뒤에 오는 자들'에게 완전히 자유롭게 새로운 사상과 행동을 펼치라고 했다. 바로 그들이 착실히 반전·복귀운동을 펼쳐 나가면서, 본토 외교가들이 아시다 담화의 틀조차 뛰어넘지 못하는 모호한 내셔널리즘 감각으로 사토-닉슨 공동성명을 제시한 지금 우왕좌왕하고 있는 세력을 확실하게 제어하는 역할을 하고 있다. 그 의미를 새삼 나는 무겁게 받아들인다.

예전에 상하이에서 "연합국은 일본 국민의 침략 정신이 완전히 소멸될 때까지 장기간 일본을 관리해야 한다"고 저항의 목소리를 외치던 사람들이 지금은 타이완에서 미국과 일본이 오키나와 군사기지를 발판으로 '극동 정세' 긴장에 대처하는 협력 태세를 강화하고 확실히 약속하라는 목소리를 계속 내고 있다. 그리고 얼핏 보아 지금 아주 만족하는 것 같다. 그런데 현재 상하이에서는 진정한 중국인의 목소리로 여전히 '일본 국민의 침략 정신'에 항의하는 목소리가 크게 들려온다. 누가 그 목소리를 듣지 않을 수 있겠는가? 그런데 그 목소리를 가장 민감하게 듣고 있는 자가 부실한 사전 협의로 핵무기 재반입의 길을 열기 위한 암약까지 했다.

"일본인은 전쟁을 포기했다"는 미군 장성의 말이 거짓이 되었을 때 비로소 기지 오키나와가 본토에 반환되는 움직임이 구체화되었다. 하지만 '오키나와 제도는 우리의 천연 국경이다'라는, 그야말로 군사적인 천연 국경이라는 전쟁 전문가의 인식은 새로운 사실과 함께 점점 더 무겁고 확실하게 강화되고 있다. 따라서 오키나와인이 나아가야 할 방향에 대하여 이하 후유가 고찰한 의미는 여전히 명백하게 살아 있다.

전후 24년 동안 새로이 가혹한 의미가 가중된 '오키나와의 고도고'를 임계점에서 논리를 역전시켜 능동적인 반전·복귀운동으로 전개하여 주체적으로 파악한 사람들이 있다. 그런 경험을 쌓아 온 사람들과 본토 일본인의 노골적인 모습을 대조시키며 '그럼 일본인이란 무엇일까?'를 생각해 본다. 물론 일본인 일반으로 확대하기 전에 나 자신의 문제로 먼저 해결해야 할 의문이다. 나 자신은 일본의 고도고를 아시아 전역에 걸친 규모에서 진정 곰곰이 생각해 본 적이 있는지 씁쓸히 의심해 본다. 그것은 절대 벗어날 수 없는 연옥 속으로 빠져들어가는 일본과 일본인을 직시하지 않고 오히려 이런저런 자기기만을 반복해 온 나 자신을 인식하는 것이다. 나아가 그런 상황에 대한 현실적인 직시를 지렛대로 삼아 일본과 일본인의 자립을 진정 생각해 보았는가 하는 의구심으로 나아간다. 그리하여 나는 끝이 보이지 않는 어두운 나락 속으로 빨려 들어가야 한다.

나는 '아시아에서 오키나와와 오키나와인은 무엇일까'를 생각하며 행동하는 사람들을 오키나와에서 수없이 만났다. 본토 인간에 대한 단호한 거절의 표정을 대하면서, 정부의 1972년 오키나와 반환 일정을 다시 살펴보았다. 그들 오키나와의 경험과 사상과 일일이 대조하면서 오늘날 '아시아에서 일본과 일본인은 무엇일까'를 새로이 생각하지 않을 수 없다. 그러하기에 거듭 말하지만 결국 '일본이 오키나와에 속한다'는 명제로 되돌아가야 한다.

미군정 하의 그 가혹한 상황을 오히려 지렛대로 삼아 싹을 틔운 '자립'의 경험과 사상이 오키나와 현 부활로 조금씩 상쇄되는 것은 아니다. 이하 후유가 자신의 예상을 뛰어넘는 것을 '뒤에 오는 자'에게 기대한 현실적 내용이며, 처음부터 내셔널리즘과는 근원적으로 다른 것이다. 정부는 제쳐 놓고서 적어도 본토의 혁신 세력만은 복귀하는 오키나와와 거기서 살아온 사람들의 '자립' 경험과 사상이 자신들을 겨누는 총구처럼 피할 수 없는 것임을 알아야 한다. 그리고 그런 발견을 통해 아시아 인식을 시작해야 한다. 그런 노력을 '일본인이란 무엇일까'라는 명제와 함께 나 자신에게도 부과하고자 한다.

(1969년 11월)

이의신청을 받으며

하늘에는 시커먼 먹구름이 빠르게 움직이고 있고, 땅 위에는 구름을 움직이는 바람이 실어 온 차가운 겨울비가, 후텐마 기지 정문으로 나 있는 넓은 포장도로를 응시하면서 암흑에 몸을 숨긴 채 서 있는 한밤의 시위대를 때리고 있다.

축제날 농민으로 가장하듯, 기지 노동자 시위대가 타월과 목도리로 얼굴을 감싸고 그 위로 모자를 푹 눌러쓰고 있었다. 미군 측 정보 수집자에게 얼굴이 노출되지 않도록 하기 위해서라기보다 마치 가혹한 비바람을 견디기 위한 것처럼 보였다. 만약 이게 축제라면 너무나도 우울한 축제이다. 그들의 얼굴이 하나하나 확인되어 정보 파일에 꽂히든 그렇지 않든, 기지 노동자 한 사람 한 사람이 거대한 미군기지 전체와 대결하는 외로운 투쟁이다. 끝도 없는 수렁 속으로 들어갈 수밖에 없는 계기를 근본적으로 지닌 투쟁이다. 정보 수집자의 카메라로부터 자기 혼자만 얼굴을 숨기려는 의도와는 다른 무언가가 한밤의 과묵한 시위대를 사로잡고 있다.

나는 거기 입회하고 있었다. '입회'라는 말이 일반적 의미로는 정확하지 않을지 모르겠다. 아니, 너무 단순한 의미만 담겨 있기에 시위현장에 있던 내 마음속에서 꿈틀거리던 것을 충분히 표현하지 못할 것 같다. 만약 타인인 시위자들이 방수 장치가 된 손전등으로 비에 젖은 내 얼굴을 비추었다면 얼굴 표정으로 금방 알 수 있었을 것이다. 밤중에서 새벽까지 온화하고도 강인한 지구력으로 인내하고 있던 기지 노동자들에게, 내가 지금 당신들 시위에 입회하고 있다고 한다면, 그들은 단호한 거절의 말로 나를 거부했을 것이다.

항상 그러하듯이 '무엇 때문에 오키나와로 가는가'라는 내 내면의 목소리와 '무엇 때문에 오키나와에 오는가'라는 오키나와 현지의 거절 목소리로 갈기갈기 찢기는 심정이었다. 게다가 오키나와와 관련하여 그때까지 경험한 것 가운데 가장 크고 무거운 무력감에 시달리면서, 무슨 생각으로 한밤중의 오키나와 전군노 파업 제1차 시위를 향해 하네다에서 나하까지 날아간 것일까? 나는 현장 정치 상황의 동향이나 전개 방향에 대해 말하거나 예측하는 데 상당히 어두운 인간이다. 그런 내가 사실의 본질에 비해 본토 신문이 지나치게 작게 보도하는 것만으로도 앞으로 펼쳐질 전군노 파업의 경과를 짐작하고 파악할 수 있었다. 이미 그것만으로도 내 내면에 더러운 상처를 남겼으며, 게다가 전군노 파업을 두고 워싱턴이 어떤 반응을 보이고 도쿄가 어떤 태도를 보일지 확실히 예상할 수 있었다.

사토-닉슨 공동성명 이후, 처음으로 나를 오키나와로 가게 만든 여행이었다. 오키나와 기지 노동자들과 현지에서 그들을 지원하는 사람들이, 실제로 돌덩이마냥 존재하고 있었다. 사토-닉슨 공동성명에 전군노 파업의 미래를 예견하게 만드는 무언가가 포함되어 있음을 확실히 알 수 있었다. 그리고 정말이지 치유 불가능한 후유증처럼 큰 짐을 스스로 짊어진 전군노 제1차 파업과 제2차 파업에서, 모두가 비참하리만치 예상한 그대로 미국 정부와 일본 정부의 반응이 나왔다.

제2차 파업 상황을 보도한 텔레비전은 기지 관련 업자가 시위대에 난입했다면서 오키나와 민중 사이의 대립이 표면화되었다는 해설을 덧붙였다. 그러나 틀림없이 본토와 오키나와 보수정당과 관련된 폭력단이 교직원회 소속 후쿠치 히로아키(福地曠昭) 씨를 칼로 찌른 테러 사건과 마찬가지로 예측하기 힘든 돌발적인 사건은 아니었다. 따라서 그러한 테러나 폭력 행위가 결코 '오키나와 민중들 사이의 대립 표면화'라는 식으로 말하거나, 본토 일본인이 북위 27도선 너머의 남 일처럼 생각할 성격이 아님을 이치를 따져 가며 자성해야 한다.

후쿠치 히로아키 씨가 당시 폭도의 칼에 찔려 대퇴부 연골이 신경을 자극한 부위의 엑스레이 사진을 보여 주었다. 그때 본토 일본인인 나는 후쿠치 씨의 상처에서 뿜어 나온 피가 내 몸 어디에 달라붙어 있는 느낌이었다. 그래서 눈을 감고 외면했다는 사실을 숨길 권리조차 없다. 우에하라 전군노 위원장이 폭도에게 습격당한 것도 불과 몇 달 전의 일이다. 텔레비전 뉴스 앵커가, 전군노 제2차 파업 말미에 처음으로 '오키나와 민중 사이에 대립이' 생겨 폭력 사태가 벌어졌다고 순서에 따라 말했다. 그는 무언가를 일부러 이상하게 만드는 걸까, 아니면 그의 의식 속에 무언가 있어야 할 것이 빠져나간 것일까?

오키나와 전군노 파업이 기지 전면 철거나 즉시 반환 주장과 모순된다면, 잘난 척 조롱하는 사람은 말할 것도 없고 어떻게든 해결 불가능한 부분을 찾아내서 동정하려는 사람들도 27도선 너머 불구경하듯 파업을 바라본다면, 그것 역시 본토 일본인의 자기기만 또는 결여를 의미한다. 전군노 파업은 일본 정부가 오키나와 기지를 실질적으로 강화시키고 자위대와 더불어 이제는 직접 간여하려는 움직임에 대한 저항이었다. 다시 말해서 워싱턴과 도쿄가 손잡고 오키나와를 핵 반입이 가능한 거대한 기지로 바꾸려는 전후 일본 역사상 가장 위험하고 돌이킬 수 없는 전환점으로 나아가는 힘에 대한 저항이었다. 전환점을 이미 한두 걸음 돌아서 회복 불가능한 가파른 비탈길로 굴러 떨어져 나가려는 사토-닉슨 공동성명에 대한 저항이었다.

파업의 창날은 거의 본토 일본인을 겨누고 있다. 그리고 비행기 좌석에 몸을 기댄 나는, 그런 사토-닉슨 공동성명 직후 직접 책임을 져야 할 정당에게 선거에서 압도적인 승리를 안겨 준 본토 일본인이었다. 그런 일본인이 여행 목적지 오키나와에 가서 어떻게 훈훈하고 너그러운 만남을 예감할 수 있겠는가?

나하 공항에 내려 그 조그만 다리를 건너 세관 수속을 하러 가는 도중에 쳐다보니 예전에는 본 적 없는 도쿄 관청의 고급 관료들을 환영하는 현수막이 걸려 있었다. 그것은 사토-닉슨 공동성명 이후 본토 보수정권이 주도하는 '일체화'의 다양한 실제 진행 상황과 성격을 생각하게끔 만드는 광경이었다. 세관을 통과하자마자 현지 신문기자가 나에게 전군노 파업을 지원하러 왔느냐고 물었을 때, 붉어진 얼굴을 숨길 권리가 나에게는 없었다. 나는 본토에서도 노동자들의 실력 행사를 적극적으로 지원한다고는 볼 수 없는 책상물림이었기 때문이다. 하지만 만약 내가 본토 혁신정당의 활동가나 노동조합원이었다 하더라도 그 질문에 당황하여 얼굴을 붉혔을 것이다.

정확히 말하면 본토의 제1차 파업 지원이 보잘것없었던 것도 사실이지만 결코 그 정도 수준의 단순한 문제는 아니었다. 오키나와에서 그날 새벽부터 시작된 전군노 파업은 본토의 파업 기준에서 보면 처음부터 끝까지 모든 점에서 전체를 가늠할 수 없는 그런 성격이었기 때문이다. 즉 본토에서는 오래전부터 생동적인 상상력을 지니지 않은 사람들도 헌법이 사문화되었다고 이야기한다. 그런데 파업권과 단체교섭권을 금지한 포고령 116호에 묶여 있던 그들이 1969년 6월 15일의 24시간 파업을 정점으로 포고령 116호를 본토의 헌법 사문화와는 반대되는 의미에서 사문화시킨 48시간의 파업이었기 때문이다. 그런 헌법의 보호를 한 번도 받지 못한 오키나와 민중의 파업이다.

드디어 교직원회 정치경제부장 자리에 앉은, 아니 앞서 언급한 테러로 입은 중상의 후유증으로 아직도 가늘고 작은 지팡이 신세를 지는 온후하지만 결코 물러서지 않는 착실한 실천적 인간, 후쿠치 히로아키 씨가 "본토에 비해 오키나와의 투쟁은 좀처럼 목적을 달성할 수 없고, 외부에서 보면 효과가 없는 것처럼 보일 것이다. 하지만 우리는 조금씩 달성해 간다. 실행하지 못한 총파업을 다시 실행하지 못하는 본토와는 달리, 우리는 총파업도 이루어 낼 수 있다"고 말했다. "1972년 이후 침투하게 될 교육 관련 본토 법률을 여기서는 유명무실하게 만들 수 있다. 그런 운동에 힘을 보태는 자양분도 얼마든지 있다. 왜냐하면 바로 여기에 이 거대한 기지가 있으니까!" 도전적이지 않고 아주 조심스레 그가 말했을 때, 나는 공항에서처럼 새삼 주눅이 드는 느낌을 경험했다.

거듭 말하지만 후텐마의 차가운 비바람을 맞으며 새벽까지 서 있던 한밤중의 과묵한 시위대 옆에서 불과 몇 시간이지만 나는 '입회'했다고 굳이 말한다. 즉 게가 알알이 자기혐오와 무력감을 불러일으키는 알을 끌어안고서 한탄하며 가만히 웅크리고 있듯이, 자신에게 독이 되는 생각들을 의식 속으로 꾸역꾸역 집어넣고 있는 본토 일본인으로서 내가 '입회'했다는 의미이다.

게다가 미군과 일본 정부는 첫날 파업에 대해 적극적인 반응을 전혀 보이지 않았으며 파업은 둘째 날로 접어들었다. 그날 1월 9일은 내 삶에서 잊을 수 없는 날이다. 정확히 한 해 전, 1969년 1월 9일에 화재로 인한 일산화탄소중독으로 한 남자가 원통하고 분하게 죽었다. 화창한 한낮의 빛나는 푸르름과는 완전히 대조적인 형용할 수 없는 칠흑의 오키나와 밤하늘에서 분노에 찬 남자의 환영을 보았다. 마치 겨울바람에 흔들리는 구름처럼 어두운 밤하늘에 매달려 있는 환영을 보았다. 작고한 후루겐 소켄 씨를 곰곰이 떠올렸다.

환영이 현실에 나타나든 아니든 그 밤중에 소켄 씨를 생각하는 것은, 머리부터 발끝까지 온통 감싼 시꺼먼 그림자마냥 조용히 서 있는 시위 기지 노동자의 추궁보다도 더 무서웠다. 나는 지금 그 밤중에 소켄 씨의 환영이 정말로 어두운 하늘을 맴돌고 있었다고 생각한다. 그에 대한 기억을 줄로 삼아서 자신의 딱딱함을 점검해야 하는 죽은 자는 어떤 환영보다도 명료하게 우리 의식 속에 실재한다. 우리는 무서운 환영으로부터 도망치는 것보다 더 숨 가쁘게 그런 기억으로부터 도망치고 싶기 때문이다.

그날 밤, 오키나와의 곳곳에서 여러 지도자와 민중들이 가졌던 노여움, 불안, 초조, 굴욕감과 탄식은 하나가 될 수 없는 집합체인데도, 나에게는 그 모두가 소켄 씨의 환영 속으로 집약되어 실재하는 것 같았다. 그리고 그 모두의 다양성이 훼손되지 않도록 모두 끌어안고 있는 소켄 씨의 눈은, 본토 일본인과 후텐마의 차가운 비바람을 맞고 있는 과묵하고 긴장된 시위 기지 노동자들 옆에서 얼어붙은 듯 서 있는 나를 향하고 있었다.

일본인, 본토 일본인에 대한 규탄에는 다양한 면이 있다. 본토에서 홀로 이곳에 온 일본인인 나에 대한 규탄의 여러 측면은 모두 소켄 씨와의 추억과 직접 관련되어 있다. 따라서 소켄 씨의 환영을 통해 오키나와적인 모든 것으로부터 규탄받는 느낌은 내가 무력한 방관자로 시위에 '입회'하고 있다는 사실을 가리킨다. 예를 들면 기지 노동자가 나타나 눈앞에서 피켓을 찢는다 하더라도 내가 뭘 할 수 있겠는가? 피켓을 찢는 상황으로 내몰린 그가 혹시라도 "본토 일본인 주제에 너는 무슨 자격으로 나에게 호소하고 있냐?"고 책망한다면, 그것은 시위대의 힐문보다 오히려 더 아프게 내 '유약한' 육체와 정신을 찌르고 상처를 내는 가시가 될 것이다. 소켄 씨가 사망하고 100일 정도 지났을 때 나는 오키나와를 여행하며 이에 섬으로 갔다. 그때 오키나와풍 붉은 기와지붕과 비바람을 견디는 하얀 판자문이 있는 조그만 집을 방문했다. 진홍빛 불상화가 바람막이 울타리처럼 피어 있던 광경이 기억난다. 나는 반쯤 열린 판자문 앞에 선 채, 오른쪽 방문 안에서 야위었지만 혈색 좋은 얼굴을 내밀던 밝은 인상의 노인과도, 부엌으로 이어진 왼쪽 방에서 하얗고 퉁퉁한 얼굴을 내밀던 노부인과도 대화다운 대화를 나눌 수 없었다. 다만 아버지한테서 유머 있고 취하면 시비도 거는 활달한 성격을, 어머니한테서 가끔은 소심하게 보이는 부드러움을 물려받은 것 같다고 소켄 씨의 성격을 좀 더 구체적으로 밝혀냈을 뿐이다. 결국 오키나와 전투에서 피난소로 사용된 오랜 세월의 침식이 만든 큰 동굴과 자식이 없는 부인들이 안고 기도한다는 아주 조그만 검은 석상을 보고는 페리를 타고 섬을 떠났다.

그 짧은 시간에 현관 정면 불단에 걸려 있던 소켄 씨의 사진을 보았다. 웃고 있는지, 곤혹스러워 하는지, 슬퍼하고 있는지를 도저히 알 수 없는 아주 독특한 사진 속 얼굴이, 지난 한 해 동안 점점 분노하면서 나에게 대답하기 어려운 질문을 던지던 그의 모습과 겹쳐졌다. 물론 다양한 규탄의 소리를 내는 소켄 씨의 환영이 일본 정부의 총무 부장관(副長官)이라는 자가 부끄럼도 모르고 "더 이상 오키나와의 응석을 받아 주지 마라"는 무서운 말을 한 것까지 나를 비난했다고는 생각하지 않는다. 하지만 인간적 윤리로 봐도 도착적인 그 남자가 우리 정부 고관이며, 우리가 그 자리에서 그 인간을 끌어내리지 않는 이상 이 말을 오키나와에서 인용할 때마다 정말이지 동요하지 않을 수 없다.

게다가 일본 정부가 이 파업에 대해 당분간 관망하겠다는 코멘트

를 발표하자, 소켄 씨의 환영은 규탄의 손가락을 정확히 본토 일본인
인 나에게 겨누었다. 나는 하네다에서 나하로 가는 비행기 안에서
"본토에서 오키나와 문제가 종결되었다 생각하지 말고, 복귀 결정과
함께 닥친 이 난관을 국민적 과제로 생각해 주길 바란다"는 야라 주
석의 담화를 신문에서 봤다. 그리고 그 밤을 가장 고통스럽게 견뎌야
하는 오키나와 사람 가운데 한 명이 주석이라고 생각하자 소켄 씨의
환영이 실제로 눈앞에 나타나서 나를 책망하는 것 같았다. "주석 부
부가 당선 이후 처음으로 도쿄를 방문한 환영회에서 내가 긴장하여
파랗게 질린 모습으로 사회를 봤을 때, 자네는 꽃다발을 증정하는 역
할을 맡았지. 그런데 그 조그만 꽃다발 하나는 어쩌면 오키나와에서
탄생한 혁신 주석의 현실 정치 생활에 대한 자네의 유일한 구체적인
행위가 아니었을까?"

　소켄 씨가 그 정도로 파랗게 질려 거무칙칙한 피부에 쇠약하고 병
든 노인처럼 보인 것은, 단순히 환영회 사회를 보느라 긴장한 것 때문
만은 아니었다. 이미 그 시점에서, 본토 정부와 절충하는 과정이나 사
전 작업 단계에서 무언가가 그에게 엄청난 피로를 가져다주었다. 아
울러 본토의 혁신정당을 비롯한 여러 혁신 단체와 오키나와 혁신 주
석과의 관계 조율을 위한 분주한 사전 준비가 가져다준 피로이기도
했다. 그런 실무의 편의를 위해 머무르고 있던 일본청년관의 화재는,
번거로운 격무의 절정에서 피로로 지친 그가 독한 술로 잠을 청한 상
황에서 발생하여 그를 죽인 것이다. 그렇게 죽은 그의 환영이 '본토
의 혁신 세력은 오키나와 전군노 파업을 위해 지금 무엇을 하고 있는

가?' 하고 묻는 것만으로도 충분히 많은 것을 일격하는 강력한 규탄의 목소리가 된다.

여하튼 그의 고향 이에 섬은 아직도 미군기지가 전체 면적의 절반을 넘게 차지하고 있다. 그런 기지가 축소는커녕 강화되면서 기지 노동자는 해고되고, 그의 형 하나는 오키나와 전투에서 사망했다. 그런데도 워싱턴과 도쿄 정부는 죽은 자에 대한 위로와는 반대 방향으로 브레이크가 고장 난 무서운 차를 몰고 있다. 게다가 그 모든 것에 본질적으로 항의하는 파업이 고립무원의 상태에서 진행되고 있으니, 어찌 그의 환영이 침묵하고 있을 수 있겠는가?

검은 하늘로부터 소켄 씨의 검은 환영이 소리친다. 내 폐부를 찌르는 날카로운 목소리는 바로 헌법과 민주주의와 관련된 것이었다. 헌법이 시행되지 않고 있던 오키나와에 헌법 소책자 보내기 운동을 가장 열심히 한 사람이 소켄 씨였다. 그가 죽고 나서 1년 동안은 특히 학생들과 젊은 노동자들이 헌법의 형해화를 끊임없이 문제 삼은 격렬한 한 해였다. 민주주의, 그것도 '전후' 민주주의라는 것은 환상이고 유해한 허상이라는 소리를 크게 부르짖던 한 해였다. 그런데 밤을 넘긴 다음 날 아니 이미 당일 날, 시위 총괄대회가 열린 광장에서 군 사령부를 향해 힘차게 움직이던 거대한 시위대 가운데에서 유독 학생들과 젊은 노동자의 대열만을 겹겹이 에워싼 기동대원의 두꺼운 장막으로 마치 죽은 듯이 보이던 장면을 쳐다보고 있어야 했다.

소켄 씨의 환영이 "도대체 자네에게 헌법은 무엇인가? 민주주의는 무엇인가? 그것을 끊임없이 자기 내면에서 검토해 왔다면 지금 그 내실을 분명히 말해 보라"고 나를 책망하고 있는 듯했다. "그 과제는 형태라도 갖춘 헌법이 있는, 미군 포고령에 구속받지 않는 본토에서 자네들이 확실히 정리했어야 하지 않았는가? 전후 일본 역사의 총 중량에 필적하는 그 과제를 풀다가 만 시험지마냥 지금 오키나와로 가져오려는 것은 무엇 때문인가? 특히 새로운 좌익 진영이 오키나와를 교두보로 삼아 투쟁하자는 말을 자네는 몇 번이나 들어 봤는가? 그에 대해 소켄이라면 인생을 건 운동 경험의 무게를 실어 이렇게 말할 것이라고, 죽어서 침묵하는 나를 대신하여 자네는 목소리를 내었는가? 내가 실제로 목숨을 건 복귀운동의 진정한 의미와는 다른, 1972년의 구체적인 반환 절차가 강권적으로 진행되고 있는 지금, 자네는 어떤 방식으로 적절한 항의를 하고 있는가?"

그처럼 끝도 없이 추궁당하며 한밤중 비바람 속의 시위대를 바라보고 있었다. 나 스스로를 부끄러워하며 '입회'하고 있었다. '너는 왜 오키나와에 오는가?'라는 물음에 똑바로 고개를 들고 대답할 수 있다고 한 번도 생각해 본 적이 없다. 그런 의미에서 1970년 초 전군노 파업 중의 오키나와 여행은 묵직한 납추를 내 허리에 매달았다.

그래! 일반적 상황은 아니었어. 카빈 소총과 폭도들의 습격 속에서 싸웠으니까!

나하에서 나온 보도에 따르면, 닷새에 걸친 제2차 파업에 참가한 기지 노동자 가운데 한 사람이 파업 종결을 이렇게 말했다고 한다.

'컨디션 그린'(미군의 긴급경보 상태—옮긴이)이라는 비상사태를 선포한 미군은 그린베레와 해병대를 오키나와 민중을 겨냥해 동원했다. 카빈총을 들이대는 미군과 민중들 사이에서 어쩌면 온몸으로 오키나와의 모순을 드러내는 오키나와 경비원으로 구성된 강제적인 '완충라인'을 미군 측이 만들 수밖에 없었을 것이다. 그것이 없는 곳에서는 그야말로 적나라한 충돌을 현실적으로 목도한 파업이었다. 그리고 제2차 파업의 모든 일정이 끝나고서 미군은 아무런 회답도 내놓지 않았으며, 일본 정부는 방관하고 있었다.

이처럼 감히 깊은 수렁을 건너가려는 대규모 투쟁의 첫머리에, 한밤중 후텐마의 어둠에 싸인 나하 해군 기지 정문으로 향하는 길 위의 시위대 옆에 나는 서 있다. 나는 주머니에 여권이 있는 본토에서 온 일본인으로서, 게다가 앞서 언급한 의미에서 '입회'하고 있는 자신이 그저 수치스럽고 무력해서 몸 둘 바를 모른다. 그런 경험이 나한테 무슨 짓을 했을까? 그것은 거대한 벽 같은 상대에게 끈질기게 저항하는 기나긴 파업의 의미와, 전후라고 할 수 없는 오키나와 25년을 살아온 사람들의 육체와 윤리가 표현하는 개개인 내면에서 비롯된 파업의 의미를 깨닫게 만들었다.

《르몽드》가 "오키나와 주민의 사보타주와 미군의 마찰은 미국이 베트남전쟁을 수행하는 데 새로운 장애가 될 것이다"라는 관측을 내놓은 것은 그 공허한 사토-닉슨 회담 직후였다. 그리고 실제로 전군노 파업이 일어났으며 바야흐로 총파업을 결의했다. 따라서 《르몽드》의 이른 관측이 정확히 현실이 된 지금까지의 '시간'이 기지 노동자를 비롯한 예민한 오키나와 민중이 어떻게 살아온 시간이었는지, 나는 그 의미를 인식하는 힘을 갖게 되었다.

오키나와 기지 노동자와 가족들의 끝없는 인내와 불안, 실망, 분노가 그 시간 동안의 세세한 모든 것을 꽉꽉 채우고 있다. 그 시간이 낳은 저항 행동은 돌출이 아니라 조용히 그리고 결코 멈추지 않는 힘으로 이어진다. 지도자의 의지에 따라 운동의 방향성이 변하는 것은 아니다. 오키나와를 핵심으로 한 도쿄와 워싱턴의 '태평양 아시아 주(洲)' 군사기지 구조가 결정되는 '역사'의 현장에서 오키나와 기지 노동자의 현실 생활과 모든 상상력을 걸고 움직였다.

그 강직한 전군노 우에하라 위원장이 아래로부터의 압력으로 파업을 수습하지 못한 시점에는 눈물을 흘렸다고 한다. 다음 날 기노완(宜野灣) 시 학교 건설 부지에서 열린 총괄대회에서는 "미군 측의 회답을 받아 내지 못한 것은 유감이지만, 앞으로 힘든 투쟁을 해 나갈 수 있다는 자신감을 얻은 것은 가장 큰 수확이다"라며 밝게 말했다고, 몇몇 신문은 마치 둘 사이의 불연속적인 대비를 부각시키려는 듯 보도했다. 하지만 눈에 드러나는 승리의 결과도 없이 그 힘든 투쟁을 이어온 전군노 위원장의 그 두 모습 사이를 채우는 연속적인 '시간'의 의미가 무엇인지 인식하는 힘을, 나는 제1차 파업에 '입회'하면서 얻었다.

제1차 파업의 총괄대회는 세찬 바람에 차가운 비가 내리는 공터의 경사면에서 열렸다. 나는 공허하게 터져 나오는 승리의 함성도, 한없이 기어들어 가는 패배의 한숨 소리도 듣지 못했다. 끝없이 이륙하는 미군 전투기와 선회하는 헬리콥터 소음 속에서 우에하라 위원장은 사실과 정확한 평가만을 무척 진지하게 이야기했다. 차가운 빗속에서 밤샘 시위로 피로에 젖어 있을 기지 노동자들과 지원 단체 사람들 또한 축축한 땅에 웅크리고서 진지하게 다음 파업에 대한 결의를 확인하였다. 아픈 다리를 질질 끌며 경사면의 군중 속에서 버티고 있던 후쿠치 씨가 온화하게 말한 내용의 실체가 무엇인지 증명하는 광경이었다.

무엇보다 전군노 파업은 마침내 처음으로 그것을 금지한 포고령 116호를 유명무실하게 만들었다. 후쿠치 씨는 "외부에서 보면 오키나와의 투쟁은 목적을 달성하기 어렵고 효과가 없는 것처럼 보이겠지만 우리는 조금씩 달성시켜 간다"고 말했다. 즉 두 차례의 파업에서 미군 측의 회답을 이끌어 내지는 못했다고 인정하면서도 이 힘든 투쟁에 참가한 이들은 전혀 패배 의식을 갖고 있지 않았다. 그리고 지금 그들이 앉아 있는 경사면은 미군이 철조망을 치고 기지로 수용한 땅을 오키나와 민중이 되찾은 곳이다. 지금 그들은 본토에서는 불가능했던 총파업을 구체적으로 기획하고 있다.

경사면에 피어난 꽃잎은 벌써 시들어 떨어져 있지만, 겨울이 짧은 이곳에서는 얼마 전까지만 해도 꽃들이 만발하여 수놓았을 것이다. 그를 짐작케 하는 키 큰 들꽃 사이에서 나는 앞서 언급한 것처럼 역시 그 집회에 '입회'하고 있었다. 하지만 나의 빈약한 식물 지식으로는 이미 시들기 시작한 그 들꽃의 이름을 정확히 알 수는 없다. 어쩌면 오이풀 같기도 미역취 같기도 했다. 이 풀들이 새삼 소켄 씨의 기억을 환기시켰다. 그는 패전 직후 헨토나고등학교 생물 교사 시절 완전히 불에 탄 오키나와에서 새로운 식물을 발견했다. 후쿠치 씨도 헨토나고등학교에서 영어를 가르친 적이 있다. 시인이자 신문기자인 아라카와 씨도 초창기 류큐대학을 휴학하고 한때 헨토나고등학교 교사를 지냈다.

그들은 전후 절망적으로 궤멸된 오키나와의 잿더미 위에 글을 써 가며 교육을 받고 자라서, 젊은 교사로 무엇보다 교육 현장에서 정열을 다했다. 그러던 중에 자기 내부로부터 밀려오는 무언가에 흔들렸고, 자신을 둘러싼 외부의 대적해야 할 그 무엇 때문에 다시 대학으로 돌아가 학문을 이어 가고자 했다.

소켄 씨는 학문에 대한 의지와 현장 교사로서의 경험이 가져다준 것을 그대로 오키나와 복귀운동으로 연결시켰고, 오키나와 최초의 민선 혁신 주석이 탄생한 직후 불의의 죽음을 맞이했다. 마찬가지로 후쿠치 씨는 교직원회와 인권협회 일을 통해서 오키나와 혁신 세력의 통일을 지속시키려고 노력하다 테러를 당했다. 간신히 살아남아서도 여전히 변함없이 활동했다.

아라카와 씨는 《신이도풍토기》(新離島風土記) 작업을 차근차근 쌓아 갔다. 그리하여 오키나와를 '태평양 아시아 주'로 매몰시켜서는 안 된다는 결의를 광야에서 홀로 외치는 고독한 사람처럼 외치기 시작했다. 현실에서는 비판자나 비판 대상자로 나눌 수 있지만, 본질적으로 오키나와 전후세대의 모든 노력은 일관되고 있음을 확인하여 보고하고 싶다. 사토-닉슨 공동성명으로 의미가 완전히 바뀐 국정 참가를 오키나와 혁신정당이 근본적으로 다시 검토하기 전이긴 하지만 우선은 받아들이려는 지금, 시인으로 예전에 뜨거운 마음을 토로하던 이라카와 씨는 이제 신문기자로서 1970년대와 오키나와를 분석한 논설을 이런 문장으로 끝맺으며 반성을 촉구한다.

앞으로 오키나와가 '무한한 이의신청'을 제기하는 존재로서 역사적·지리적으로 소유한 독자적 존재를 지키기 위해서는, 피를 흘리며 반대하고 저항한 1972년의 반환 '내용'을 마무리한 '반환협정' 체결과 국회 승인 그리고 오키나와의 국정 참가를 단호히 거절하는 투쟁만 남았다. 반환협정 체결과 국회 승인, 오키나와에서 국회의원 선거를 거부하는 투쟁은 이전의 교공이법 투쟁(敎公二法 鬪爭, 1967년 교직원의 정치 활동과 쟁의 행위를 금지하는 법 제정 저지 투쟁—옮긴이)을 필두로 한 여러 투쟁의 교훈으로 충분히 알 수 있듯이, 성공 여부에 따라 오키나와는 '왜곡된 반환'을 강요하는 일본 정부에게 끝없는 '이의신청'을 제기할 '권리'를 가질 수 있다. 단순히 정당 이기주의나 개인적 사욕을 위해 국정 참가에 적극적으로 참여하는 것은 무한한 '이의신청'의 '권리'를 스스로 포기하는 것이며, 1970년대 예견한 정치·경제·문화적인 모든 '강압'에 지항하여 싸운 피지배의 역사로부터 자신을 해방시키는 투쟁의 사상과 행동을 스스로 무덤 속에 파묻는 것이다. '오키나와'가 끝없이 이의신청을 제기하는 존재로서 의미를 상실하고 그저 지방의 현이 되면 '일본'과의 관계 속에서 문제 제기해오던 '오키나와' 전투는 절망적일 수밖에 없다.

분명 이것은 정확한 분석과 의견이다. 동시에 본토 일본인인 나에게는 손쉽게 찬동 발언을 할 권리가 없다. 이처럼 무한한 이의신청을 오키나와로부터 받고 있다는 의식을 강하게 지속시키면서, 1972년을 넘어 지금도 오키나와를 우리 육체와 정신 내면에서 불타는 예리하고 따끔한 가시로 인식한다. 그렇지 않으면 일본인의 미래는 나라 안팎의 정치는 물론 개인의 윤리 측면에서도 절망적일 수밖에 없다. 그렇게 생각하면서 이 논설을 읽었다는 사실을 밝히고 강한 거절의 힘이 지닌 강인한 부드러움으로 오키나와에서 내 글을 바라보는 사람들에 대한 지금의 대답으로 삼고자 한다. 그리고 내일의 대답을 어떻게든 찾아내는 행보를 계속 이어 가고 싶다.

그런 행보 속에서, 나는 해가 갈수록 깊어 가는 뿌리 깊은 무력감과 '일본인은 정말 이런 인간이었나!' 하는 컴컴한 소용돌이 속으로 빨려들어 가면서 후텐마의 칠흑 같은 밤하늘 아래 나타난 환영에게 말을 건다.

"소켄 씨, 우리 정부가 전군노 파업을 '관망한다'고 하는 말은 1972년까지 전군노를 비롯한 오키나와의 모든 혁신세력, 아니 오키나와의 가장 오키나와적인 민중 조직 또는 개인으로서의 저항력이 소멸되는 것을 기다린다는 의미입니다. 그러나…… 나는 바로 이 '그러나'에서 시작되는 것이 있음을, 그리고 '그러나'는 오키나와의 무한한 이의신청을 확실히 수용하는 사람들에게는 힘이 되는 '그러나'라고 생각합니다. 그리고 무한한 이의신청을 진지하게 수용하는 첫걸음은, 현실 정치에 무지한 사내의 말이라며 저한테 냉소를 보내겠지만, 복잡한 의미를 담아 누구보다 현실 정치적이었던 소켄 씨 당신의 환영에게 말합니다. 그것은 이른바 전후민주주의의 지속과 부흥 또는 최초의 현실화를 추구한 사람, 그리고 한발 더 나아가 국가의 폐망을 이야기한 사람, 이 모든 전후 일본인을 포함하여 우리가 인간의 본질, '이런 일본인이 아닌 일본인으로 자신을 바꿀 수 있는지,' 타인에게 밝히기 부끄러운 내밀한 부분까지를 고민하는 것이어야 합니다. 오키나와 역사와 전후의 현실 속에서 가장 전형적으로 분사(憤死)한 인간의 환영으로서, 지향하는 바는 다르지만 린 세이코, 베이친을 점점 닮아가는 소켄 씨!"

(1970년 1월)

전후세대의 지속

대다수 일본인의 도시 지향적 의식으로 볼 때, 일본인의 상상력과 지리의 중심 지점이라 할 수 있는 도쿄의 스키야바시(数奇屋橋)에서 오키나와 전군노 파업을 홍보하고 모금하던 현장으로 폭도들이 들이닥쳤다. 그들의 지도자는 선전 차량 위에 서서 계속 고함을 지르고 있었다. 나는 우익이 쳐들어왔다고 쓰고 싶지는 않다. 우익이 방해 연설을 했다는 말도 사용하지 않겠다. 그들이 두려워서가 아니라, 쳐들어온 자들이나 더러운 말을 내뱉는 남자와 내 피가 직접 이어져 있다는 느낌이 들기 때문이다. 물론 나는 우에하라 전군노 위원장과 오키나와 피폭자를 대표하는 나카요시 료신(仲吉良新) 현노협(縣勞協) 의장과 함께 모금을 호소하는 대열에 서 있었다. 하지만 너무나 안타깝고 한심한 '추한 일본인'이 쳐들어왔고, 위압적인 '추한 일본인'이 고함을 쳤다.

　이런 사실을 윤리적인 측면으로만 보고하려는 것이 아니다. 선전 차량 위의 남자는 너무나 노골적으로 일본인과 '오키나와인' 사이에 차별 의식이라는 쐐기를 박으려 했다. 왜곡된 의미를 부여하는 목소리는 오키나와에 대한 부당한 차별의 역사에 뻔뻔스레 직접 편승하도록 부추겼다. 권력의 꼬리에 붙어 차별하는 자로 돌변한 그 남자의 말, 한심한 폭도들이 쐐기를 몽둥이로 바꾸고는 슬금슬금 쳐들어와서 몽둥이 쐐기를 억지로 박으려 했다. 오키나와의 희생을 일본인 전체와 개개인의 의지로 보상하는 것과는 반대로 윤리 문제를 넘어 너무나 부조리하고 어처구니없는 모습으로 돌변해서 행동하고 위압적으로 차별의 쐐기를 박으려 했다.

그것은 본토 정부의 정치가와 관료가 아주 은밀하게 강력한 암흑의 힘으로 박기 시작한 쐐기이며, 모든 본토 일본인이 거의 무의식적으로 또는 무의식인 양 슬며시 잡기 시작한 쐐기의 예리한 끝이다. 그리고 쐐기를 잡는 것에 동의하는 일본인은 일본의 강권과 오키나와 사이의 길고도 가혹한 역사가 그 쐐기의 무게를 가중시킨다는 사실을 자각해야 한다. 한 사람의 우익 선동가 따위가 허구적 소재로 쉽게 박은 그런 연약한 쐐기가 아니다. 그들은 자신 또는 일본인에 대해 아무런 수치심도 느끼지 않고 그 쐐기를 잡는 우악스러움을 지니고 있다. 게다가 그것을 흉기로 삼고 있다.

우에하라 전군노 위원장의 경우를 보더라도 그는 본토와 오키나와 양쪽에서 날뛰는 폭도, 즉 오키나와 차별이라는 쐐기를 흉기로 삼아 쳐들어온 자들과 거의 무방비 상태로 마주하고서 대중 앞에 서 있어야 한다. 그는 마음속의 분노를 겉으로 드러내지 않고 오키나와로 돌아갔다. 우에하라 위원장도 때로는 상대의 마음을 꽁꽁 얼어붙게 만들 정도로 압도적이고 경멸적인 차갑고 굳은 표정을 보이지만, 분노를 노골적으로 드러낸 적은 없었다.

오키나와가 미래를 위한 무한한 이의를 신청할 장소라 계속 주장하는 아라카와 씨는 전군노 파업 지원 모금에 대한 의견을 밝혔다. 예전에 그는 일본인 모금을 거절하면서, 남베트남해방전선 부의장이 "일본 분들이 모금보다도 일본 자기 자신을 돌아봐 주시길 바랍니다" 하고 정중히 말한 것을 기억하라고 했다. 그러고는 "모금함에 많은 시민과 노동자들이 무수한 선의를 던져 넣겠지만, 그것으로 선의의 주인들은 전군노 투쟁과 연대하고 있다는 자기만족에 그치고, 전군노 투쟁 즉 오키나와 투쟁과 일본의 투쟁이 깊이 관련되어 있다는 사실을 놓쳐 버릴 위험이 있음을 지적하고 싶다"고 경고했다.

그런데 현실은 더 불행하게도 모금함에 그 얼마의 '선의'도 던지지 않았다. 몽둥이를 흔들며 쳐들어온 자들은 모금함을 부수고 얼마 되지 않는 비참한 액수의 동전을 흩뿌렸다. 나는 자기만족과는 다른 암울한 심정으로 '일본 자신'을 생각하며 서 있었다. 폭도들이 정의의 사도, 심지어 고통당하다 분연히 일어난 정의의 사도 같은 표정을 띤 것을 지금도 생생히 기억한다. 그저 망연자실할 뿐이다.

물론 나는 이런 이야기를, 내실을 밝혀 가면서 일관된 목소리를 내는 이 오키나와 비판자들의 강한 돌팔매를 피할 생각으로 쓰는 것은 아니다. 돌팔매는 강했고 또 계속 돌팔매를 맞을 것이기에 대답을 전하는 것이다.

이제 아라카와 씨 세대의 류큐대학 학생운동과 그 중심인《류대문학》을 이어받은 차세대 류큐대학의 연극 집단 '창조'(創造) 사람들에 대하여 이야기하고자 한다. 그들은 학생운동의 첨예한 부분을 담당하며 1960년을 경험하였고, 연극으로 분노의 구심을 확인했으며 스스로 극복하고서 방향성과 기세를 지속하는 사람들이다. 연극 전문가인 그들은 10년 동안의 활동으로, 폭도들의 온갖 행위를 말없이 쳐다보던 우에하라 전군노 위원장 내면의 혐오와 분노를, 어떤 '지원 모금'보다 '일본 스스로'를 돌아보는 것이 먼저라는 선배 세대 신문기자가 내면에 품고 있던 혐오와 분노를, 연극적 상상력을 바탕으로 구체적으로 형상화하여 표현할 수 있는 사람들이다.

그들은 1961년 4월 "오키나와 연극의 불모를 극복하고 연극으로 현실 변혁의 전망을 세우자!"라는 구호 아래, 후지타 아사야(フジタ・アサヤ)의 〈태양의 그늘〉(太陽の影)을 무대에 올리면서 출발했다. 즉 알제리에서 자신의 조국을 반역한 프랑스인처럼 '조국' 일본을 멀리 떼어 놓고 다시 생각해 보자는 것이 그들의 출발 과제였다.

나와 거의 같은 세대인 그 청년들을 처음 만난 것은 첫 번째 오키나와 여행 때였다. 이미 그 연극은 어려운 상황 속에서도 5년째로 접어들고 있었다. 독자적인 연극의 바탕이 되는 현실 생활도 힘든 가운데 자기 정체성의 근원을 조심스레 그러나 분명히 지닌 채 '시작되고 있었다.' 연극 활동은 타당하지만 현실 생활이 '시작되고 있었다'는 표현이 그들의 현실 생활이나 인간으로서의 본질을 정확히 나타낸다고 말하기는 어렵다. 그들 스스로 그런 현실 생활을 선택했지만 보통 사람으로 살아가기 위한 불가피한 선택이었을지 모른다.

이렇게 쓰고 있자니, 마치 이제껏 밝은 무대 위 책상 앞에 있던 나를 극단 '창조'가 창립되면서 그 중심에 있던 청년들이 무서운 비판의 눈으로 조용히 응시하고 있다는 느낌을 지울 수 없다. 게다가 어두운 부엌에서 다양한 비판의 목소리가 터져 나와서 나를 아프게 한다. 목소리의 이미지는 구체적이다. 왜냐하면 지금도 내 귓전을 맴도는 '창조' 사람들의 명석하고 훈련받은 목소리이기 때문이다. 그때 그들은 전군노 제1차 파업 지원자들이 심야 시위 장소로 갈 때까지 고에쿠(越來)중학교 교실에서 발성 연습을 하고 있었다. 고자(ゴザ) 시의 모순적인 시민 생활을 그대로 체현하는 다양한 배경을 지닌 아이들이 모여 공부하는 중학교 교실 구석에서 심야에 발성 연습을 하는 소리를 들으면서, '창조' 단원이 쓴 자하나 노보루의 삶을 다룬 희곡의 미완성 원고를 나는 읽고 있었다.

그때 이런 목소리가 귀에 들렸다. "'제대로 된' 인간으로서라고? '일본 자신,' 일본인 자신, 바로 자네 스스로를 돌아보고 나서도 정말 아무런 수치심 없이 우리들에게 '제대로 된' 인간으로서라고 말할 수 있다는 거야? 그럼 '제대로 된' 인간이 아니라 오키나와에서 살기 위해 우리와는 다른 선택을 한 인간도 자네가 '제대로' 꾸짖을 수 있다는 거야?"

나는 그 반발의 목소리를 수용하는 마음가짐으로, 그들이 '제대로 된' 인간으로 계속 살아가고 그러한 인간으로서 현실 생활을 영위하고 연극 활동을 하고 정치 시위 현장에 주저하지 않고 나간다는 사실을 적어 두고 싶다.

'자네의 갈팡질팡하는 문장 스타일에서 피해망상의 징후를 발견한다'는 본토 일본인 친구들에게 신문의 정치면과 사회면 사이에서 왜곡된 내 모습을 발견한 점을 밝히고 싶다. 지난 2월 신문이 정치면에서는 오키나와 전군노의 어려운 처지를 보도하면서 사회면에서는 다음과 같은 기사를 실었다. "아파트 절도 1억 엔, 오키나와 혼혈 청년." 제목만으로도 혐오스런 오늘날 일본어 기사였다. 오늘날 쇼와겐로쿠(昭和元祿, 근세의 화려했던 겐로쿠 시대에 빗댄 표현—옮긴이) 시대에 상응하는 본토 소비생활의 팽창과 몸에 각인된 상처 같은 오키나와 빈곤의 그늘을 동시에 비추는 무서운 기사이다.

나하 시에서 태어난 청년이 도쿄의 아오야마(青山) 부근 '샤토 모모'라는 아파트에서 귀금속과 장신구를 훔쳤다. 오키나와 출신으로 본토에서 잘 적응하지 못한 그는 밑바닥 가난한 집단에 속해 있었으며, 도난품을 돈으로 바꾸려다 발각되어 체포되었다. 오늘날 일본 사회에는 특별한 의미를 지니고 있는 아파트라는 이상한 생활권이 있고, 그 청년은 그곳을 털어 총평의 전군노 지원 목표 모금액에 필적하는 1억 엔을 끌어모았다. 그런데 오키나와에서 본토로 와서 고립된 자들의 가난한 틀 안에서는 그 엄청난 도난품을 도저히 처분할 수가 없어 우왕좌왕하다가 어느 날 아침 소집단 구성원들이 모두 체포되었다. '제대로 되지' 못한 인간이란 무엇일까? '제대로 된' 풍속은 어디에 있는 것일까? 도대체 도쿄 여기저기 샤토 모모, 레지던스 모모에 도난품 처분 방법조차 모르는 신출내기 좀도둑이 들어가 순식간에 1억 엔이 넘는 절도를 할 수 있는 귀금속과 장신구 더미는 무엇을 발판으로 축적된 것일까? 나는 오늘날의 '일본 자신'을 돌아보며 오키나와를 바라보는 사람은 "아파트 절도 1억 엔, 오키나와 혼혈 청년"이라는 제목에 태연히 있을 수 없다고 생각한다.

극단 '창조'와 관련해서 창립자들과 내가 거의 동년배라는 사실은 무거운 추를 목에 달고 있는 것 같다. 그 이유는 1935년 본토에서 출생한 인간과 오키나와에서 출생한 인간이 1945년에 경험한 것 사이에서 아득한 심연을 들여다보며 굳이 나와 거의 동년배인 그들이라고 불렀기 때문이다. 그리고 극단 '창조'의 청년들은 1965년 첫 만남에서 최근 만남 때까지 자신들의 오키나와 전투 경험을 자주 이야기했다.

사실 철혈근황대로 전투에 참가한 세대들은 스스로 먼저 오키나와 전투에 대하여 이야기하지 않는다. 오다 마사히데 씨와 호카마 슈젠(外間守善) 씨는 고통스런 침묵 뒤에 무거운 기억을 지닌 학자들이다. 그들이 전문성을 바탕으로 우리를 공포에 떨게 만드는 윤리적 힘은 바로 거기 뿌리를 두고 있다. 또 나카소네 세이젠(仲宗根政善) 씨와 같은 세대의 학자들도 듣는 사람이 점점 땅속으로 꺼져 들어가는 암울하고 과묵한 저항감을 가지고서 오키나와 전투에 대해 입을 열었다. 나카소네 씨는 전장에 끌려가 방치된 여학생들이 희미한 생명의 빛을 향하여 죽음의 강을 건너도록 인도하였다. 히로시마에서 그 온화한 일본문학자가 고통스런 과묵함을 지니고서 엄청난 충격을 던지는 목소리를 내었기에 히로시마 사람들도 정면으로 그 목소리를 받아들였다. "지금 히로시마에 핵기지가 있다면 당신들은 어떤 느낌일까요? 오키나와에서 우리가 체험하는 것이 바로 그것입니다."

그런데 '창조' 청년들은 오히려 먼저 오키나와 전투 경험을 이야기했다. 오키나와에서 그런 사람들을 처음 만난 것이다. 하지만 거의 범죄라 할 만한 본토의 오키나와 잔혹 이야기 수집가들을 흥분시키는 말투로 이야기하지는 않았다. 극단 규약 서문에 표현한 의미 그대로 그들은 자신들의 경험과 상황을 재확인하기 위한 목소리로 말했다.

이 시대를 우리 것으로 하자.
모든 굴욕을 우리 것으로
모든 슬픔을 우리 것으로
이 고통의 좌표축 위에서
분명한 전망을 창조하자.

'창조' 청년들이, 오키나와에 처음 머물고 있던 나를 고자 시에서 조금 떨어진 구시카와의 거대한 쓰레기 소각장에 데려간 일이 가끔 생각난다. 거대한 미군기지의 압도적인 이미지를 기지에서 나온 엄청난 양의 쓰레기가 쌓여 있는 현장, 그 황야에 서서 확실히 알게 되었다. 우기에 해당하는 오키나와의 겨울 가랑비 속에서 쓰레기를 태우는 담청색 연기는 냄새와 함께 오물덩이 황야를 맴돌며 하늘로 좀처럼 올라가지 않았다. 재활용 쓰레기를 선별하고 처리하는 사람들이 자신의 일상을 철조망 안 기지의 불합리한 풍요와 무분별한 낭비와 민감하게 대비시키는 모습으로 연기와 악취에 시달리면서 일하고 있었다. '창조' 청년들도 가끔 여기서 공연 소품을 찾는다. 알제리와 나치 독일의 폭력을 표현하는 배역을 맡은 배우들이 바로 사용할 수 있는 그런 소름끼치는 소품들을 말이다.

쓰레기 황야에서 돌아오는 길에 멍하니 있던 나에게, '창조' 청년들이 이해할 수 없는 객관성과 초연함이 느껴지는 차분한 말투로 소곤소곤 말하던 자신들의 오키나와 전투 경험 이야기도 가끔 생각난다. 1937년생이고 중학교 교사인 '창조'의 핵심 인물은 아버지의 반대를 무릅쓰고 몰래 탄창을 운반하러 갔다가 결국 돌아오지 못한 여학생, 누나 이야기를 했다.

'창조'를 이끌어 가는 또 다른 인물인 고등학교 교사는 주저 없이, 1935년생인 그가 겪은 게라마 열도 도카시키(渡嘉敷) 섬에서 일어난 집단자결에 관해 이야기했다. 본토 사람인 내 가슴속으로 피투성이 손이 헤집고 들어오는 것 같다.

본토에서 온 군인들이 강제한 집단자결 현장에서 할아버지와 숨어 지내던 아이가, 옆 방공호에서 어떤 아버지가 자기 아이 가슴을 짓밟고서 흉기(자살 흉기)를 휘두르는 것을 엿보고 할아버지랑 산으로 도망쳤다. 그렇게 집단자결 강제, 항명에 따른 일본군의 사살, 미군 포격이라는 삼중의 죽을 고비를 넘기고 겨우 살아남은 그는, 게라마에서 일어난 사건의 중심에 있었던 사람으로서 자신의 경험을 상세하게 이야기했다.

그리고 그들이 자신과 가까운 이들의 경험을 이야기할 때 이상하게 객관적이고 초연하다는 인상을 받은 이유를 이제 나는 논리적으로 조금 이해하게 되었다. 사실 나는 이따금 그날 내 눈과 귀로 들은 이야기를 되새겨 본다. 그들은 아직 선혈이 낭자한 잔혹한 사체를 타인의 눈앞에 내던지듯이, 오키나와 전투 체험을 생생하게 이야기하면서 본토에서 온 '유약한' 여행자를 크게 압도했다. 그렇다고 자랑삼아 그런 적나라한 자기 고백을 한 것이 아니다. 그들은 통속적인 오키나와 잔혹 이야기에 가담하는 것을 스스로 결코 용납하지 않는 자긍심을 지니고 있었다.

또한 그들 내면에서 강인한 거부의 지렛대로 기능하는 자긍심을 넘어서, 자신들의 오키나와 전투 경험을 여전히 상상력의 원천으로 삼으려 한다는 의미이다. 그들은 오키나와 전투 경험을 개개인의 과거로 사장시키는 것을 스스로 허락하지 않고 또 허락할 수 없는 사람들이다. 그들은 상상력과 연계시켜서 자신과 친구들의 경험을 자신의 경험으로 계속 갱신시키고 다시 파악하려고 연극에 투신했다. 그래서 그들은 경험을, 객관적으로 전체를 바라보는 자세로 이야기했다. 만약 듣는 사람이 사장된 과거의 비참한 추억에 안전하게 감상적인 눈물을 흘리려 하면 단호히 거부하는 초연하고 경직된 자세로 분명히 그리고 온화하게 오키나와 전투에서 무슨 일이 일어났고 무슨 일이 일어날 수 있었는지를 이야기했다.

그리고 그들과 친구들이 어린 나이에 오키나와 전투에서 경험한 모든 것을 '오늘의 경험'으로 만들기 위해 모든 상상력을 발휘하여 좀 더 정확하고 심도 있게 체험하는 작업이 바로 극단 '창조'의 연극 활동이다.

일반적으로 생생한 경험을 한 사람이 주는 충격적인 인상은 그 체험이 처참하고 이상할수록, 그 사람을 두세 번 만나게 되면 평범한 일상 속에서 희박해진다. 하지만 일고여덟이나 열 살에 오키나와 전투를 실제로 경험한 '창조' 청년들의 이야기는, 거의 해마다 그들을 만나지만 그들의 경험은 풍화현상은커녕 항상 선명하고 강하게 되살아났다. 가끔은 처음에 그들이 자신의 경험을 이야기하면서 보인 이해할 수 없는 초연함이 나의 잘못된 기억이 아닐까 의심할 정도로, 그들 개개인의 오키나와 전투 경험과 연극 그리고 현실 생활과 관련된 지속의 무게는 점덤 커져 가고 내실은 농축되어 갔다.

예를 들면 지난해 봄 '창조' 작업의 지속과 겹치듯이, 고에쿠중학교 교사로 성실하게 생활해 가던 고키 요시히데(幸喜良秀) 씨가 복잡한 분노의 빛을 띤 표정으로, 아르바이트 때문에 기지에 들어간 제자가 B-52전략폭격기를 청소한 것 같다고 말했을 때, 4년 전 구시카와 쓰레기 소각장에서 오키나와 전투 당시 소녀였던 누나가 몰래 탄약을 운반하러 나갔다 죽었다고 과묵하게 이야기한 내용과 겹쳐져서 무겁게 인식하게 되었다.

마찬가지로 나카자토 유고(中里友豪) 씨가 상세히 재현하려는 도카시키 섬 아이의 눈에 비친 잔혹한 경험을 내가 언제나 현재 실재하고 있는 것처럼 느낀 것은, 그가 이민을 가려고 농업 기술과 에스파냐어를 배우는 제자들 이야기를 했을 때였다. 그때 주부(中部)고등농림학교 교사로 '창조'의 매력적인 배우인 그에게서 현실 생활을 강박증처럼 관통하고 있는 날카로운 칼날을 나는 곧바로 느낄 수 있었다.

'조국은 무엇일까?' '일본인은 무엇일까?' 이 명제에 대한 집요하고 구체적인 물음이, 전후 25년 동안 오키나와에서 '전쟁'이 일어날 수 있다는 인식과 더불어 극단 '창조'의 변함없는 주제였음을 이제부터 이야기하고자 한다. 그러나 전후 오키나와에서 태어나, 그 뒤로 한 번도 일본인으로 정당한 국적을 가진 적 없는 소년들이 생면부지의 타국으로 이민가려 하고 있다. 그런 소년들을 게라마에서 간신히 살아남은 아이의 생각을 가장 본질적인 내면의 경험으로 선택하여 계속 기억하고 있는 성실한 교사가 전력을 다해 가르치고 있다.

'창조' 청년들이 무엇을 중심으로 어떻게 연극과 현실 생활을 일관되게 해왔는지는, 내가 구체적이고 다양한 그들과 접촉했을 때마다 써 놓은 노트를 보면 확인할 수 있다. 1965년 봄 고키 요시히데 씨는 무지한 내가 오키나와라는 벽에 처음으로 부딪쳤을 때 일본 복귀에 대해서 이야기했다. 이대로 복귀하면 오키나와 현은 일본에서 가장 우익 성향이 강한 지방, 보수당의 온상이 될지 모른다는 의구심과 일본 정부가 변하지 않으면 오키나와 사람은 틀림없이 배신당할 것이라고 전망했다. 그리고 자신이 연출한 1961년 봄의 첫 공연 〈태양의 그늘〉에서 자신이 확인한 바를 이렇게 말했다.

조국으로 돌아가는 운동은 조국에 대한 반역 투쟁이어야 합니다. 구세대는 자신들을 일본인이라고 강조하지만 사실은 그들이 가장 의심하고 있습니다. 나는 일본인이라고 강하게 느낀 적도 없지만 강하게 의심한 적도 없습니다. 어린 학생들도 모두 그렇습니다. 그래서 구세대와 단절이 나타납니다. 나는 중학교 교사이지만, 내셔널리즘을 가지지 않는 것은 세상을 미워하는 것이라고 하는《기대하는 인간상》의 생각에 반대합니다. 오키나와에서는 천황을 경애하는 것이 나라를 …… 라는 말이 결코 성립하지 않습니다. 그 점에서 아이들의 생각은 건전하게 자라고 있습니다. 나라의 실체는 국민이라고, 자신들이라고 모두 알고 있습니다.

1967년 겨울 사토-닉슨 정상회담을 오키나와에서 지켜보던 나에게 다시 고키 씨는, 오키나와인이 일본 정부를 통해 바람직한 일본 복귀를 위해 할 수 있는 것은 없으며, 단지 오키나와 민중을 선동하는 환상의 정체를 밝히기 위해 복귀운동에 참가하고 있다고 고통스럽게 말했다. "'핵과 함께 반환한다'는 생각은 그야말로 본토 지배층이 100년 넘는 차별에 덧붙여 오키나와 전투의 희생, 그리고 보상은커녕 커져 가는 전후 희생 위에서 다시 오키나와를 엄청난 희생양으로 삼으려는 게 아닙니까?"

오키나와가 미국 군부뿐 아니라 본토 일본인이 새삼 인지한 핵기지로 출현하는 것이 아니냐고 나한테 물었다. 그의 말을 부정하지 못하고 그저 씁쓸히 침묵하는 내게 그는 자신이 생각하는 일본 복귀는 "'평화'의 거점으로서 오키나와를 일본에 '돌려주는' 것"이라고 했다.

1969년 겨울 태평양 너머에서 진행되는 사토-닉슨 회담에 대한 오키나와의 항의를 표명하기 위해 '창조'는 제9회 공연으로〈일본의 유령〉을 선택했다. 고자 극장에서 막을 연 첫날은 바로 사토-닉슨 공동성명이 나온 다음 날이었다. 객석을 가득 메운 사람들의 마음을 뜨겁고 걱정스럽게 채우고 있는 것과 연출자 고키 요시히데 씨의 다음 말이 정면으로 부딪치면서 분명 어두운 불꽃이 피어났을 터이다.

신안보 체제 아래서 연극 운동을 시작하면서 생각하고 행동해 온 우리들은 60년대 말에 대해 적어 두고 싶은 것이 있다. 우리가 연극 집단 '창조'를 결성한 때는 안보 세대가 절망적인 분위기에 빠져 있던 시절이다. 따라서 소외감이 우리 의식에 침잠하여 안타까운 마음에 스스로를 고양시키고 '살기' 위한 의미를 연극 행동에서 찾았다. 본토에서 직수입된 혁신 사상은 구호만 오키나와 운동에 흡수되어 보수는 보수대로 혁신은 혁신대로 일체화를 실현해 나가고 있었다. 그런 가운데 우리는 오키나와 사람이라는 사실과 오키나와적 운동의 진보성을 모색해 왔다. 우리는 진정으로 주체적 인간성을 지향하고 일상에 매몰되지 않는 자신과 현실의 격렬한 긴장관계 속에서 드라마를 추구하고 삶을 확립하기 위해 투쟁해 왔다. 우리의 레퍼토리와 행동의 역사가 바로 그것을 증명할 것이다. 본토에서 '60년대 투쟁'이라는 슬로건으로 안보조약 무력화 투쟁을 진행하고 있지만 실제로는 권력이 집요하게 헌법 무력화를 시도하여 성공시킨 것에 대하여 우리는 무엇을 반성하고 무엇을 운동 전망으로 삼아야 하는 걸까? 오키나와에서 조국을 사랑하고 조국 복귀운동을 추진한다면 그것은 분명히 평화에 대한 무한한 현실 투쟁으로서 군국주의화하는 일본 국가에 대한 반체제 운동이어야 한다. 그런데 막상 기지철거 투쟁으로 나아가면 사람들 내면에는 어떤 망설임이 그림자처럼 나타나는데, 그것은 도대체 무엇 때문인가?

조용하고 편안한 대중식당 2층에서 연출가이자 중학교 교사인 이 오키나와인은 시위 출발을 기다리면서 이렇게 말했다. 그의 앞에는 전군노 파업 시위에 참가하기 위해 150명이나 되는 교사들이 심야에 대기하고 있었다. 알제리전쟁이나 《안네의 일기》, 히로시마를 배경으로 한 《섬》처럼 전쟁과 저항운동, 대량학살을 주제로 한 레퍼토리에 자신들이 현재진행형으로 경험하고 있는 전쟁 현실을 덧붙이고 탄탄하게 만든 10년, 즉 외국이나 본토의 희곡을 상연하면서도 결국에는 오키나와로 돌아오는 10년에 대해 이야기했다.

그런 경험이 가져다준 역동적인 독자적 인터내셔널리즘 위에서 1970년대 자신들의 열정을 폭발시킬 진정한 연극으로 자하나 노보루의 일생을 내부의 저자가 구체적으로 검토하고 있었다. 나는 '창조'의 레퍼토리가 증명한다는 그의 말을 이해하고 있었다. 나는 미군이 철조망을 잘라 몰래 만든 '개구멍'까지 찾아내어 시위하는 주도면밀한 행동, 지속적 행동의 역사 속에 그를 남겨 두고 자리를 떠났다. 하지만 자하나 노보루 희곡의 미완성 원고는 언제까지나 내 마음속에서 뜨거운 소용돌이를 일으켰다.

그런데 오키나와 전후세대의 연극과 현실 생활에서의 일관성을 살펴보고는 또 하나 어둡고 무서운 '지속적인 것'의 실재, '창조'의 지속적인 빛의 그림자와 같은 실재를 생각하지 않을 수 없다. 즉 일본과 일본인은 오키나와의 정당한 항의를 묵살하고 짓밟듯이 진정 오키나와적인 것을 송두리째 궤멸시키는 방향으로 '지속적'으로 왜곡하고 '지속적'으로 기울어져 갔다. 10년 전 고키 요시히데 씨가 확인한 바 있는 적(敵)은 암울한 예상대로 예정된 궤도를 요란하게 달려갔다. 그 마지막에, 본토에 사는 이들 모두가 연대책임을 피할 수 없는 바로 지금, 암흑 속에서 쓱 모습을 드러내듯이 과거와 관련된 무시무시한 지속의 총량이 사토-닉슨 공동성명을 가져온 것이다.

너무나 노골적인 적나라함에 머리를 오물 속에 집어넣는 심정으로 암울하고 비참하게 다음 사실을 인정해야 한다. 단순하고 부정하기 힘든 사실을 인정해야만 한다. 애초부터 너무나 명백한 사실이고 정말 싫지만 분명히 인정해야 한다. 즉 사토-닉슨 공동성명으로 오키나와는 '창조' 청년들이 가장 증오하고 가장 혐오하는 상태의 일본, 핵무기를 포함해서 진행 중인 전쟁과 함께 전후를 살아온 일본으로 '복귀'하려는 것이고, 본토에서 우리는 저항할 수 없었다.

그런 현상 인식을 할 수밖에 없는 본토의 '양심적' 일본인에게 가장 치명적인 독은 전군노 파업 '지원' 모금과 관련하여 남베트남해방전선 대표자의 말을 빌린 "일본 분들은 모금보다도 일본 자기 자신을 돌아봐 주시길 바랍니다"라는 오키나와의 목소리이다.

'창조' 청년들은 교공이법안을 몸으로 막아 내고 분쇄하는 운동에서 가장 용감한 활동가였고, 중심 멤버는 중고등학교 교사로 현실 생활을 이어 왔기에 가장 끈기 있는 활동가였다. 그러기에 사토-닉슨 공동성명이 오키나와 교육 현장에 무엇을 우선적으로 보내려 하는지 알고 있는 사람들은 그 치명적인 독을 피할 수 없다. 2월 16일자 신문은 문부성이 오키나와 교육을 '본토처럼' 하려고 준비한다는 제목의 기사에서, 1970년도 예산이 통과되면 5월에라도 문부성 안에 오키나와 복귀준비실을 설치하기로 결정했다고 보도했다.

문부성이 특히 중요하게 생각하는 것은 오키나와 교육위원회 제도를 민선제에서 임명제로 바꾸는 것과 교육공무원 신분을 '명확히' 하는 것이다. 1972년의 오키나와 반환의 모양새, 아니 그 이전에 시작된 '본토처럼' 왜곡된 교육의 모습을 상상한다. 그러면 '헌법 아래'로 들어오는 중학교 교사 고키 요시히데 씨와 고등학교 교사 나카자토 유고 씨가 미군정 아래에서 구속을 거부하며 과감하게 저항하고 희생을 치르며 지속해 온 자유로운 교육 실천가로서의 행동 반경을 극도로 좁히는 쓸쓸한 광경이 나타날 것이다. 마찬가지로 힘들어질 연극 활동 무대에 비유해서 말하면, 손발이 묶여 연행되듯이 '헌법 아래'로 드러난 그들의 눈, 나를 포함한 모든 일본인을 응시하는 강렬하고 날카로운 눈이 생생히 떠오른다. 교육과 관련하여 '일본 자신'을 도대체 어느 수준으로까지 하강시켜 버렸는지를 우리에게 분명히 제시하듯이 그들 손발을 묶으려는 밧줄이 보인다. 그 밧줄은 전후 25년 동안 우리가 꼰 밧줄이다.

그들은 이 밧줄과 싸우기 위해 행동했고 또 헌법이 실시되지 않는 장소에서 헌법 정신에 가장 잘 부합하는 교육을 지속해 왔다. 그리고 1972년 이후 오키나와로 유입될 본토의 '양심적인' 연극 공연과 적은 관객을 나눠 가져야 하는 불이익을 각오하면서도 '창조' 회관 건립을 위한 7천 달러 기금 마련을 목표로 삼은 불굴의 사람들이다. 그런데 문부성은 강권을 총동원하여 온갖 의미에서 그들의 전후 지속을 짓밟고 그들이 쌓아 온 저항의 성과를 일거에 없애 버리려고 지금 당장이라도 본격적으로 돌입할 태세이다.

(1970년 2월)

OKINAWA NOTE 08

일본의 민중의식

나는 지금 텔레비전을 통해 만국박람회(1970년 3월 14일부터 9월 13
일까지 일본 오사카에서 개최되었다―옮긴이) 개회식을 보고 있다. 마치
모든 일본인이 적극적으로 참가하고 있는 거대한 환상을 만들어 내
는 것 같다. 그 이유는 지금 이 시간 오키나와에서도 똑같은 텔레비
전 쇼를 보고 있기 때문이다. 즉 오키나와의 눈이 텔레비전 브라운
관 속으로 들어가 만국박람회의 모든 광경을 관통하고 다른 브라운
관 앞에 있는 나에게로 전달되고 있다고 느꼈기 때문이다. 또 헛된 바
람이지만 만국박람회 개최자인 일본인들이 오키나와를 어떤 식으로
파악하고 제시하는지 놓치고 싶지 않았기 때문이다.

내가 먼저 다가가서 만나고 싶지 않은 모습과 세계 질서에 대한 낙
관적인 목소리가 내 눈과 귀를 할퀴고 상처를 낼 뿐, 오키나와에 대한
이야기를 전혀 찾아볼 수 없었다. 비록 그날 아침 신문이 오키나와 기
지 노동자의 신규 해고 통지를 작게 보도하기는 했지만, 인류의 진보
와 조화를 주제로 다양한 변주가 조화롭게 울려 퍼지는 치사토가오

카(千里ヶ丘)에서 전해 오는 텔레비전 화면에는 그에 관한 연설이나 해설이 있을 리 없었다.

샌프란시스코 조약을 조인하고 오키나와를 버린 정치가의 '국장'(國葬) 날, 나는 우연히 나하에 머물고 있었다. 본토의 텔레비전 전파로 중계되는 오키나와 텔레비전은 너무나 장황한 '국장' 모습과 장중한 거짓 뉴스로 넘쳐났다. 하지만 오키나와 사람들은 식당이나 이발소에서 가만히 그걸 지켜보고 있었고, 나는 묵묵히 응시하던 그들의 우울한 뒷모습을 기억하고 있다. 만국박람회 개회식 중계를 오키나와 텔레비전 화면으로 보고 있는 사람들의 모습을 나는 수많은 우울한 뒷모습으로 기억한다.

그날 처음 오키나와 관련 뉴스를 본 것은 거의 한밤중이 되고 나서였다. 가까이 텔레비전에서 들려오는 오키나와 음악에 이끌려서 다시 텔레비전 앞으로 돌아가 막연히 채널을 돌리는데, 조금 높은 언덕의 분지를 에워싸고 운동회 같은 혼잡한 분위기 속에 오키나와 민중의 얼굴들이 나타났다. 이상하게도 군중한테서 미국 독립기념일에 공개하는 미군기지의 바자회 분위기가 났다. 카메라는 램퍼트 고등판무관(오키나와의 행정 책임자) 부부를 비추고 무료한 듯하지만 점잖은 젊은 미군들을 관객석에서 클로즈업시켰다. 마치 식민지의 어느 화창한 날 풍경 같았다. 그리고 분지에서는 아주 크고 아름다운 소가 맹렬히 싸우고 있었다. 소는 놀랄 만큼 유연하게 싸우다 순식간에 육중한 몸을 능숙하게 뒤집어 빛나는 하늘을 향해 사지를 뻗었다. 마치 스틸 사진의 정지 화면 같았다.

그 순간 나를 사로잡은 격렬한 감정은 근본적으로 감상적인 것이었다. 하지만 감상적인 부분을 씻어 내면 아주 부드러운 흙에서 튼튼히 자라난 관목 같은 경험도 있었음을 밝혀 둔다. 오키나와에서 투우를 직접 본 적은 없지만 체류하는 동안 투우에 관한 현지 신문의 구체적인 논평을 애독하였기에 소의 이름들이 친근하게 다가왔다. 그래서 나는 화면 속 호걸 소들에게 "싸우지 마! 이런 카메라 앞에서 싸우지 마! 램퍼트 고등판무관을 비롯하여 식민지 주민용 향락 분위기를 자아내는 이런 카메라 앞에서 싸우지 마! 오키나와에 무관심한 만국박람회 개회식을 중계하고서 잠시 휴식하는 일본인에게 신기한 남도 풍물을 스케치하듯 보여 주는 텔레비전 프로그램을 위해 호걸 소들아, 싸우지 마!" 하고 부르짖고 싶었다.

나는 스스로를 사로잡고 있는 격정의 한심함을 잘 알기에 소리쳐 외치지는 않았다. 그 대신 서재로 돌아가 나카노 시게하루(中野重治)의 다음 글을 읽었다. 절제되어 있으면서도 익살스럽게 분출하는 오키나와적인 것에 대한 확실한 인간적 경의와 그것을 짓밟는 것에 대한 격분이 호걸 소들을 격려하기를, 그리고 스스로를 채찍질하기를 바라면서. "…… 살아 있는 소를 때려눕히고 뿔을 뽑아 죽이는 범죄 영화를 가라테(唐手) 선전 영화처럼 영화윤리위원회가 통과시켜 버렸다. 그런 경우 오히려 소가 가라테로 잔혹한 인간들을 상대하여 자신을 지켰어야 했다. 그 실사 영화는 가라테와 오키나와, 그리고 본디부터 인간을 심하게 모멸하는 영화라고 나는 생각한다."

1903년에도 오사카에서 박람회가 열린 바 있다. 그 권업박람회와 이번 만국박람회에서 오키나와와 관련된 일본인의 공통적인 의식구조를 발견했다. 1903년은 오키나와에서 토지 정리가 완료되고 지조(地租)가 개정된 해였다. 다시 말해서 일단 류큐처분을 완결시킨 해였다. 류큐처분에 관한 여러 평가들의 다양성을 인정하면서 살펴보면 충돌하는 평가일지라도 서로 중첩되면서 처분당한 류큐 전체 문제를 볼 수 있다. 따라서 1903년은 오키나와에 무지한 민중은 차치하고서 일본 지도자들의 의식 속에 이른바 '오키나와 문제는 종결되었다'는 정서가 퍼져 있던 해였던 것 같다. 그리고 민중은 오키나와에 대한 확실한 정보도 없이 지도자들과 함께 그런 정서에 근거한 느낌을 공유하고 있었다.

그것은 1970년 만국박람회 개회식에 참석한 일본 '지도자'들이 '오키나와 문제는 종결되었다'고 안도하는 느낌과, 초대받은 '선택된 민중'이 거의 '지도자'를 따라 순응하여 '오키나와 문제는 종결되었다'고 개운해 하는 느낌과도 겹친다. 게다가 지도자들은 안도감의 수상한 근거인 사토-닉슨 공동성명이 직간접적으로 안고 있는 위험과 배신을 확실히 파악하지도 못하고 있었다.

따라서 1903년의 이른바 인류관(人類館) 사건은 당연히 그런 오키나와에 대한 인식을 배경으로 일어났다. 권업박람회 기간에 학술 인류관이라는 부스에 오키나와 여성 두 사람이 '진열'되었다. 그녀들은 곰방대와 야자수 잎 부채를 들고 오두막에 앉아 있었고, 채찍을 든 남자가 여인들을 '이놈'이라고 부르며 설명했다고 한다. 오다 마사히데 씨는 《류큐신보》에서 실제로 박람회장에 가서 그 장면을 목격한 오키나와 현 사람의 투서를 발굴하였다.

　…… 현의 부인들이 그야말로 돼지우리 같은 곳에 갇혀서 자유롭게 움직이지도 못하고 일거수일투족을 해설자의 말에 따라 움직이는 고통에 신음하고 있었다. 그들은 평계 대기를 각각의 생활 주거 상황을 재현하여 사회에 소개하기 위해서라고 한다. 정말이지 너무나 가여웠다.

1970년 만국박람회에서는 인류관을 다시 만들지 않을 것이다. 하지만 오키나와의 존재를 전혀 의식하지 않은 만국박람회 개회식은, 히로시마와 나가사키의 경험이 체제 협력적인 과학자도 당황스러울 정도로 모호하고 옅어졌을 뿐 아니라 '인류의 진보와 조화'를 파행으로 치닫게 한 일본인의 이미지를 적나라하게 보여 준다. 히로시마와 나가사키의 경험을 끌어안고 또 지금의 오키나와를 바라보면 '인류의 진보와 조화'라는 상상 위에 구축된 불안한 질서를 균열시키는 계기가 온통 여기저기 숨어있다.

　오키나와 고자고등학교 학생 200명가량이 만국박람회를 구경하러 왔다. 학생들이 만국박람회에서 어떤 진보와 조화를 보게 될지는 개의치 않고, '오키나와 문제는 종결되었다'고 20세기 후반의 다이고 하나미(醍醐の花見, 1598년 도요토미 히데요시의 마지막 잔치―옮긴이)를 즐기는 자들은 오키나와가 사랑스럽게도 '일체화'로 한 걸음 발을 내딛었다며 만족했다. 그런데 그 신바람 아래에는 구멍이 뚫려 있었다. 오

키나와 고등학생의 숙소는 이름만 '맛집 박람회 ○○여관'인 찬바람이 불어오는 조립식 건물이었다. 추위와 피로로 불면의 밤을 보낸 고등학생들은 무엇을 배웠을까? 마찬가지로 오키나와 경제진흥간담회의 오키나와 대표단은 본토 정부와 기업이 현지 조사단을 오키나와에 수차례 보내면서도 현실적인 행동을 하지 않는 데 불만을 드러내며, 학생들과 불과 며칠을 전후하여 물론 멀쩡한 호텔이지만 결코 편안한 숙면의 밤을 보내지 못했다. '오키나와 문제는 종결되었다'고 거만하게 지껄이면서 미해결 상태로 문제를 내버려 두고서 뻔뻔스럽게 불도저의 액셀을 세게 밟는 자들 뒤에서, 오키나와 사람들은 굳이 의식하지 않아도 볼 수 있는 그 구멍 앞에서 의문의 목소리를 낸다. 불도저의 굉음, 인류의 진보와 조화를 찬미하는 노랫소리는 그 의문의 목소리를 뭉개고 울려 퍼지지만, 언제까지 굉음과 노랫소리를 지를 생각인 것일까? 의문의 목소리가 작아져 사라지는 그날까지일까?

만약 일본인이 오키나와와 거기 사는 사람들을, 류큐처분 이후 오키나와에 떠넘긴 무거운 부담과 희생을 생각한다면, 1970년은 적어도 '일본인이란 무엇인가?'를 다시 자문해야 하는 한 해였다. 그리하여 아시아인으로서 우리의 미래 모습에 대한 새로운 상상력을 가져야 하는 한 해였다. 그런데 대포 소리처럼 울려 퍼지는 '오키나와 문제는 종결되었다'는 근거 없는 소리를 계기로 일본 민중은 만국박람회를 향해 달려 나가서는 '인류의 진보와 조화'라는 컴퓨터 시대의 장식물 주위로 몰려들었다.

그것을 해저 케이블로 송신되는 텔레비전 앞에서 오키나와 사람들이 우울한 뒷모습으로 묵묵히 응시하고 있다. 오키나와의 응시가 자연스럽게 또 다른 인류관의 모습을 보여 준다. 오두막 대신에 스크린의 광채와 전자음악으로 넘쳐나는 철근 조립 건물 안을 곰방대와 야자수 잎 부채 대신에 외국 것과 토속적인 것을 뒤섞은 20세기 일본인의 요상한 모습을 보여 준다. 가실 줄 모르는 갈증에 사로잡혀서 무리 지어 우왕좌왕하는 광경을 보여 준다.

그것을 각성한 오키나와의 눈이 응시하고 있다. 예를 들면 오다 마사히데 씨처럼 너무나 오키나와적이라 오히려 일본적 한계를 넘어선 지식인의 각성된 고통의 눈이 응시하고 있다. 다음 글에서 볼 수 있듯이, 그는 명확한 시점을 설정하여 오키나와 민중의식을 밝혀내고자 하였다. 그리고 그 결과는 내면적으로 일본의 민중의식을 찾아내 검토하려는 사람들을 무서우리만치 동요시킨다.

요컨대 여기서 제기된 두 가지 의문은 바보스럽지만 사실 '일본인이란 무엇인가'라는 근원적 의문과 관련되어 있다(오키나와는 무엇인가, 오키나와 사람은 도대체 어떤 사람인가라는 의문과 현재 오키나와가 처한 사태를 만약 본토에서 맞이한다면 오키나와에서처럼 방치하지는 않을 것이라는 본토에 사는 일본인과 그 정부에 대한 의문). 내가 특히 오키나와인을 '일본인'이라는 포괄적 문맥으로부터 분리해서 사용하는 것은 오키나와의 현 상황으로 봐서도, 종래 인지되지 않았던 일본인의 본질을 밝히는 데도 편리하기 때문이다.

'오키나와는 무엇인가?' '오키나와 사람은 무엇인가?'라는 의문을 '일본인은 무엇인가?'라는 근원적인 의문으로 이어 가는 가교로 먼저 차별의 문제를 살펴봐야 한다. 당연히 차별의 역학 관계가 그 가교를 세게 흔들어 다양하고 큰 소용돌이를 일으켜 검토해야 한다.

일반적으로 차별의 유대에서 본토 일본인 쪽의 자락은 단순하다. 한 겹만 벗기면 전부 드러나는 단순한 유대가 오키나와 차별의 근원이다. 인류관 사건을 비롯해서 오키나와에서 영어가 일상어냐고 물어보는 끔찍하게 왜곡된 '현실 그대로'의 신화가 퍼져 있다. 본토 일본인의 무지로 오키나와 이미지는 단순화되어 있다. 그 때문에 차별은 엄청나게 심해졌다. 심지어 의식적으로 무지를 선택한 사람들이 오키나와의 이미지를 단순화시키기도 한다. 물론 이렇게 나타나는 차별은 앞의 차별에 비해 더 심한 의도적인 악의를 담고 있다.

자신의 오키나와 이미지에 결여된 부분이 있어 무의식적으로 일어나는 차별이 있다. 또 결여된 부분을 찾아 메우면 정신적 균형이 무너지거나 자기 주도로 일을 진행하는 데 불필요한 제약이 따르기에 의식적으로 눈을 감고서 쓱 발을 빼는 식의 차별도 있다. 이 두 가지 유형의 차별은 일본인의 근원적인 본질을 조금 다른 각도에서 구성한 두 가지 모습으로 현실에서 가끔 겹쳐지기도 하고 이어지기도 한다. 거기에는 분명 100년 동안 만들어진 근대국가 일본의 민중과 권력의 얼굴이 있다.

히메유리 탑(ひめゆりの塔, 오키나와 이토만 시에 있는 여학도병 위령탑—옮긴이)이 서 있는 남부 전투지는 본토의 모든 도부현의 이름을

앞에 단 '탑'의 들판 같다. 오키나와 전투에서 당한 참화를 생각한다면 본토 도부현의 이름을 새긴 모든 탑에 필적할 만큼 오키나와 현민의 탑을 세워야 하건만 그런 계산법은 적용되지 않았다. 히메유리 탑 앞에서 흘린 총리의 눈물은 거의 폭력적인 눈물로 모든 것을 단순화시켜 버렸다. 오키나와 전투로 벌어진 균열에 의식의 빛을 비추기만 하면 류큐처분 이후의 왜곡이 단순히 역사에 새겨진 물질이 아니라, "오키나와의 일본인은 왜 본토 일본인보다 '충성심'에 불탔는가?"라는 민중의식 내면과 관련되어 있다는 사실을 밝혀 낼 결정적인 순간이었건만…… 깊은 균열 사이로 새어 나오는 악취는 들여다보는 사람의 악취이지만 총리의 눈물이 두꺼운 뚜껑이 되어 틈새를 닫아 버렸다.

여학생들은 오키나와 전투에 강제로 끌려 나가 살아남을 가능성을 객관적으로도 주관적으로도 상상할 힘마저 빼앗기고 참혹하게 죽었다. 오키나와 여학생의 죽음은 류큐처분 이후 오키나와에서 이상적인 일본인으로 살아가려던 여성들의 역사와 연관된 것이었다. 그런데 총리의 눈물은 오키나와 여학생들의 죽음을 거짓으로 꾸며 낸 여학생들의 추상적인 죽음으로 단순화시켜 버렸다. 따라서 본토 일본인은 어린 여학생들이 전쟁터에서 죽은 것을 가슴 아픈 일이라고 일반화시켜 버린다. 그러고서 인간의 본질을 자극하는 오키나와라는 독소로부터 자신을 보호하고 편안히 눈물을 흘릴 수 있었다. 그리고 눈물이 마르자 이제 '오키나와 문제는 종결되었다'라는 한가로운 상황이 만들어졌다.

멱살이 잡힌 채 깊고 어두운 균열을 확인해야 할 결정적 순간에까지 다가섰건만 마지막 순간에 획 돌아서 버린다. 다시 오키나와에 대한 본토 일본인의 상투적인 태도로 돌아가 사토-닉슨 공동성명과 1972년 반환으로 끝내려 한다. 오키나와에 대한 무지의 단순화는 의식적인 회피의 단순화와 마찬가지로 아시아에서 벌인 100년 동안의 교활하고 냉혹한 일본인의 행태를 보여 준다. 아시아에서 침략적으로 날뛰지 않을 때조차 일본인은 단순한 인식을 바탕으로 아시아인을 차별했다. 오키나와적인 것을 몽땅 빼앗기고 전쟁터에서 죽은 여학생 앞에서 흘린 눈물이 마르기도 전에 그 속에 차별의 씨, 단순한 오키나와 인식을 분명 심어 놓을 것이다.

오키나와의 전후, 바로 전쟁 속의 '전후'를 몸소 경험하면서 오키나와인의 의식을 검토하여 자신들을 새로운 오키나와인으로 자리매김하려는 젊은 학자들이 있다. 내가 아는 한 그들의 작업에는 몇 가지 공통점이 있다. 공통점을 살펴보면 오다 마사히데 씨의 '오키나와의 민중의식'에 대한 인식은 '오키나와인의 의식구조 연구'를 수행한 아가리에 나리유키(東江平之) 씨의 인식과 겹친다. 또 다양한 분야에서 나타나는 오키나와 지식인의 자기 확인과도 연결된다. 물론 학문적 방법에 따른 것이지만 일종의 단순화처럼 보여서 나는 가끔 남몰래 의심했다. 하지만 지금 '일본인은 무엇일까?'라는 본질적 사고를 목표로 '오키나와인'의 민중의식과 의식 구조를 정리한 내용을 살펴보면 일본인의 민중의식과 의식 구조가 명확하게 드러나는 것을 알 수 있다. 100년 동안 북위 27도선 너머로 노골적인 차별의 유대를 맺어 왔다. 오키나와 쪽 '자락'을 흔들면 일본 본토 쪽 '자락'도 분명히 흔들리기 시작한다.

아가리에 나리유키 씨는 "오키나와인의 두드러진 행동 양식에는 사대주의와 열등감이 있으며" 열등감 또는 자기 비하가 사대주의를 지탱하고 있다며, 그 표리일체를 '공도(空道)적 인격'이라 표현했다.

또 폐쇄성과 '차이 의식'이라는 명제를 세우고 다음과 같은 관찰을 심리학적 분석으로까지 연결시켜 나갔다. "오키나와인은 처음 만난 상대가 오키나와 출신인지 타향 출신인지 판명하는 것을 아주 중요하게 생각한다. 오키나와 출신이면 지역 차이 말고는 거의 문제가 되지 않는다. '본토' 출신으로 판명되면 차이 의식이 현실적 차이 이상의 것이 되고 그 뒤로는 가령 아오모리 현 출신인지 야마구치 현 출신인지는 문제가 되지 않는다. 가까운 것끼리는 실제보다 훨씬 가깝게 느껴지고 먼 것은 실제보다 훨씬 멀게 느껴진다."

오다 마사히데 씨는 복잡한 오키나와 근대사를 신문이 숨기는 부분까지 조사했다. 그리고 사실에 입각하거나 사실의 보도 현장으로 거슬러 올라가 재현하여 "근대 오키나와의 발자취에서 오키나와인의 의식과 행동 양식을 찾아내고 그것이 어떻게 형성되었는지를 밝히는 것"을 주된 목적으로 삼고 있다. 오다 마사히데 씨의 작업은 오키나와 근대를 전후의 현재까지 연결시켜서 과거, 현재 그리고 미래에는 더욱 볼썽사납게 될 일본인의 본질을 제시할 때까지 계속될 것이다.

하지만 오키나와 지식인의 '오키나와 민중의식'과 '오키나와인의 의식구조'에 대한 인식은 구체적으로 일본의 민중의식과 일본인의 의식

구조의 모습을 본토 일본인인 나에게 보여 준다. 그 둘은 거울에 비친 모습 또는 그림자처럼 서로 분리시킬 수 없기 때문이다. 당연히 내 내면에 달라붙어 있는 너무나 꺼림칙한 일본·일본인의 모습이며, 바로 오키나와의 그림자와 오키나와인의 그림자로 비춰지는 일본·일본인의 모습이다. 따라서 오다 마사히데 씨의 '추한 일본인'이라는 추궁이 너무 약한 고발의 표현이라는 오키나와 젊은 세대의 조바심에 충분히 공감한다.

100년 동안 오키나와인의 사대주의가 발현되는 현장에는 언제나 일본인이 그림자처럼 따라다녔다. 일본인 정치가와 관료, 상인, 학자가 있었다. 오키나와 민중의 사대주의라 할 만큼의 사대주의적 성향을 지닌 일본인이 들어와 있었다. 사대주의는 오키나와인과 본토 일본인을 팽팽하게 묶어 놓은 밧줄이었다. 그 밧줄이 오키나와인의 사대주의적 성격에서 뻗어 나온 살아 있는 식물이라면, 가주마루 나무(벵골 보리수) 줄기에서 자라나는 뿌리마냥, 본토 인간의 사대주의적 성격에 다시 뿌리를 내리고 영양분을 빨아먹을 것이다.

다만 오키나와인이 사대주의에 대해 조금씩 자각하고 있는 반면에 본토 일본인은 오키나와인의 열등감을 발판으로 자신들의 사대주의를 외면하고 도망갈 곳을 준비했다. 자하나 노보루의 저항은 사대주의를 극복하고 열등감으로부터 당당히 해방된 오키나와인이 일본인의 사대주의와 투쟁하는 모습이었다. 그런 일본인과 사대주의로 연결된 오키나와 동포에 대한 투쟁이었다. 자하나 노보루라는 빛이 밝히는 나라하라 현지사 내면의 어두운 부분은 바로 사대주의와 전도된 열등감 덩어리로 이루어져 있었다. 나라하라 현지사 아래 일본인 중간 관료는 더 심하게, 그들이 어떻게 오키나와 민중의 열등감을 자극하고 짓밟으며 심리적으로 적응했는지 차별의 줄거리가 한눈에 들어온다.

자하나 노보루처럼 과감하게 저항하지 않더라도 오키나와 근대사에 나오는 지식인들은 모든 의미에서 '사대주의와 열등감' 같은 단순화를 거부하는 복잡한 얼굴로 역사 속에 존재한다. 그들 대부분은 본토의 강권으로 원하든 원하지 않든 '사대주의와 열등감'을 스스로 짊어진 지식인이었다. 그들은 자각하여 그것을 짊어졌으며, 짊어지고서 본토 일본인과 원활한 관계를 맺고 전쟁 때는 어용학자로 몰려도 어찌할 수 없는 삶을 선택하였다. 그리고 단순화된 '사대주의와 열등감', '오키나와 섬의 폐쇄성, 본토 일본인에 대한 '차이 의식' 같은 것으로는 포괄할 수 없는, 즉 한 가지로 설명할 수 없는 복잡한 크기를 지니게 되었다.

'공도적인 성격'의 공도에 대해 설명하면 이렇다. "강희(康熙) 연간 동란에 오키나와 사절은 청나라 황제와 정남왕(靖南王)에게 바치는 두 통의 상소문을 지참하고 갔다고 합니다. 또 평소에도 류큐 사절은 류큐 국왕의 도장을 찍은 백지를 지참함으로써 만일의 사태에 대비하여 융통할 수 있도록 했다고 합니다. 그 종이를 공도(空道)라고 합니다. 오키나와인의 경우 대의명분을 입에 담는 것을 허락하지 않았습니다. 오키나와인은 살기 위해 어떤 치욕도 견뎠습니다"고 한다. 그리고 "우리 현 사람을 모욕하는 데도 정도가 있다. 이런 인간은 다른 곳으로 내쫓아 버려라"라며 협박당한 젊은 이하 후유도 그런 '공도적 성격'을 충분히 의식했다고 할 수 있다.

그래서 각성된 의식은 미군 점령 아래 오키나와에 대한 심정을 가탁한 마지막 작업에까지 이어져 있다. 최근 공개된 히가 슌초(比嘉春潮) 씨의 청년 시절 일기에 나오는 이하 후유는, 본토 일본인과 강권에 대하여 그들의 시야를 뛰어넘은 자유로운 전망을 가지고 '공도적 성격'을 오히려 무기로 삼을 정도로 다부진 모습을 보였다. 그를 어떤 의미에서든 '어용학자'의 틀 속에 넣는 것은 상상할 수 없다. 이하 후유를 어용학자로 농락했다고 믿는 본토의 학자 관료는 자신들이 사대주의와 전도된 열등감 속에 갇혀서 자유로운 상상력을 고사시켰음을 깨달아야 한다.

실제로 그런 순진한 일본인 관료로 마지키나 안코(真境名安興)의 《오키나와 천년의 역사》(沖繩一千年史)의 이름뿐인 공저자인 나하 지방재판소 검사장인 시마쿠라 류지(島倉竜治)가 있다. 그가 쓴 서문은 "삼가 사료함에 영명하고 인자하신 동궁(東宮) 전하께서 지난해 신유년 춘삼월 유럽 순방 길에 황송하게도 본섬에 왕림하시어 친히 민정을 살피셨다. 누가 그 은혜에 감격하지 않을 수 있으랴. …… 그 행차를 기념하고 은혜의 만분의 일이라도 갚는 방법은 많겠지만, 나는 예전에 세상 사람들의 버림을 받았던 오키나와 천년의 연혁을 천명하여 정신적으로 현민을 자각시키고 보은의 길을 가르치는 것을 으뜸으로 삼으려 한다"는 식이다.

동궁의 오키나와 행차를 오키나와 민중 모두가 그 은혜에 감격하여 맞이했는가 하면 그 반증도 하나 있다. 구메 마을 출신 사이(蔡)라는 이름의 18대 오키나와 전통 예능 전문가는 소년 시절 부친과 함께 그 행차를 구경하러 갔다. 귀갓길에서 부친이 "히로히토가 품격은 있는데"라고 말한 것을 그는 아직도 잊지 않고 있다. 그 말은 바로 오키나와의 쇼(尚) 왕족이 신분에 걸맞은 위엄을 지니고 있듯이, 본토 왕족에게도 신분에 상응하는 격이 있다는 냉정한 비평이다. 천황제 국가에서 앞에 나온 본토 출신 검사장과 오키나와 부친 가운데 누가 더 사대주의에 젖어 있는지는 분명하다. 검사장은 자신이 자각시키려던 오키나와 현민에 비하여 훨씬 제한된 상상력의 자유만을 가지고 있었다. 자신이 말한 은혜를 상대적으로 받아들이고 은혜가 닿지 않는 저 멀리까지를 내다보는 민중이 있다고 그는 생각하지 못했다.

나는 첫 오키나와 여행에서 오다 마사히데, 아가리에 나리유키 씨를 만나는 행운을 얻었다. 이 뛰어난 학자들은 열다섯 또는 열 살배기 소년 병사로 오키나와 전투에서 고생한 경험을 어떻게 새로운 세대로 이어 갈지를 출발점으로 삼아 오키나와 근대사와 오늘의 현실을 분석하는 사람들이다. 그들은 오키나와 민중의 의식구조를 역사를 거슬러 올라가서 심리학적으로 분석하는 과정에서, 먼저 자신들을 사대주의 또는 그것과 연결된 것으로부터 분리시켜 자유롭게 만든 사람들이다.

오다 마사히데 씨는 "평범하지만 중요한 것은 우리가 과거의 아픈 경험을 거울삼아 국정 참가 원리와 의미를 충분히 배우고 피와 살로 만들어 될 수 있으면 현실 정치 속에서 펼쳐 나가려고 노력해야 한다"

는 성실하고 강인한 결의를 표명했다. 그는 나중에 본토에서 연구 생활을 마무리하고 황폐한 고향으로 돌아갔다. 오키나와를 무한한 이의신청의 존재로 만들기 위하여 반환 이전의 국정 참가를 거부하는 젊은 지식인과, 오키나와 전투 경험과는 동떨어진 젊고 과격한 세대와 펼칠 격렬하고 진지한 토론의 나날이 그를 기다리고 있을 것이다. 거기에 정면충돌이 있고 단절이 있다 하더라도 토론에 참여한 사람들은 사대주의를 특징으로 내세우는 그런 의식구조와는 확실히 동떨어진 젊은 '오키나와인'이고 새로운 아시아인이다.

앞서 언급한 오다 마사히데 씨의 말을 본토 일본인(우리)으로 바꾸면 '과거의 수치스런 경험'이라 말해야 하며, '국정 참가의 원리와 의미'를 배워 피와 살로 만드는 것은 오히려 우리들의 과제이다. 우리는 사대주의와 수차례 전도된 열등감을 모두 극복한 새로운 일본인이라고 감히 주장할 수 없는 존재이다. 우리는 우리 정부가 지금 새로운 사대주의를 오키나와에 뒤집어씌우는 상황을 모르는 척 외면하고 슬그머니 편승하는 민중이며 그런 의식구조를 가진 존재이다.

점점 우울한 원성 같은 나의 고정관념, '일본인이란 무엇일까? 그렇지 않은 일본인으로 나를 바꿀 수 있을까?'라는 비참한 갈망은 바로 그런 의식구조에 대한 자각 위에 놓여 있다. 그리고 끊임없이 윤리적인 요청만 요구하는 명제가 아니다. 바로 '오키나와의 민중의식'과 '오키나와인의 의식구조'를 극복하고 속박으로부터 벗어난 눈으로 아시아를 전망하는 사람들의 상상력과 일본의 민중의식과 일본인의 의식구조에 속박당한 자신의 상상력 사이의 낙차를 두려워하기 때문이다. 그 낙차를 메울 수 있는 새로운 계시를 과연 만국박람회의 컴퓨터에 둘러싸인 성역을 가득 채운다고 해서 얻을 수 있을까?

(1970년 3월)

'본토'는 실재하지 않는다

나는 오키나와를 기준으로 삼아 일본인으로서 자기 검증을 하기 위해서 이 노트를 썼다. 하지만 점점 논리적으로 완결시켜 끝마칠 수 없겠다는 생각이 든다. 나는 이 노트를 펼쳐 놓은 채로 계속 지니고 있을 것이다. 처음부터 반복한 '일본인이란 무엇일까? 그렇지 않은 일본인으로 나를 바꿀 수 있을까?'라는 내면의 질문에 "어때, 조금이나마 너의 미력한 힘으로 밀고 있는 무거운 달팽이 차가 전진하고 있는 거니?" 하는 동요를 느낀다. 그러면 점점 눈에 안개가 끼면서 흐려진다고 한심한 중간보고를 하겠지만, 이 의문을 내 마음속에서 끊임없이 움직이는 무언가로 삼으려 한다. 말하자면 '유약한' 내가 물러서지 못하도록 옆에서 채찍질 하는 글을 적어 두고 싶다.

　《오키나와 구제논집》(沖縄救済論集)에 실린 도쿄에서 온 신문기자의 여행기에는 산만하지만 오키나와의 현실을 접하고 밀착하여 인간의 근원을 파헤친, 예리한 관찰력을 지닌 구절이 나온다.

외로운 섬의 고통은?

너는 살아 있냐?

살아 있습니다.

너의 동맥을 끊어 피의 순환을 멈추어 보아라

나는 이 말을 피상적인 비유가 아닌 상상력을 발휘하기 위한 실마리로 삼고 싶다. 정말로 자신의 동맥을 끊고 피의 흐름을 멈추듯이 이 명제를 계속 생각하고 싶다. 사토-닉슨 공동성명 이후 본토 일본인은 오키나와에 대한 이기심을 노골적으로 드러내고, 오키나와와 거기 사는 사람을 중심으로 사고하는 데 상상력이 결여되는 등 갖가지 실례가 점점 자주 나타나 눈앞에 쌓여 간다.

예를 들면 오키나와 현장 또는 본토에서 연구 생활을 한 오키나와 학자들이 오키나와와 일본 근대사의 미래에 바탕을 둔 오키나와 국정 참가 문제를 둘러싸고 정면으로 충돌하면서 검토하고 있다. 하지만 본토 정치가들은 오키나와에서 검토하는 것에 상응할 만한 상상력을 가지고 국정 참가 문제를 다루고 있을까? 본토 이기주의와 비열한 내부 사정 때문에 너무나 노골적으로 오키나와 국정 참가 문제를 만지작거리고 있는 것은 아닐까?

3월 중순 갑자기 이번 국회에서 오키나와 국정 참가를 위한 법안 제출은 힘들다는 보도가 본토에서 나왔다. 덧붙여 국정 참가 조속 실현의 단초가 총리의 제안임을 상기시키면서 자민당 후보자 공천조정 난항으로 지연될 것 같다고 설명했다. 국정 참가 문제를 둘러싸고 오키나와 현장에서 오키나와라는 존재의 역사와 본질까지를 깊이 검토하고 있을 때, 보수당은 호응은커녕 당 내부 사정 때문에 법안 제출 시기를 가늠하고 있다는 것이다.

게다가 평소와 다름없이 그들 나름의 국정 참가 과제 유보 조건은 일단 그럴듯하게 들린다. 자민당 외교조사회에서는 "완전 복귀 이전에 오키나와 대표의원에게 오키나와 관련 사안뿐 아니라 모든 안건에 대한 의결권을 부여하는 것은 헌법에 저촉될 우려가 있다"고 하고, 같은 당 헌법조사회에서도 '헌법상 문제의 소지가 있다'는 의견을 내는 식이다.

며칠 지나 자민당 정조심의회는 '오키나와 주민이 현재 조세를 부담하지 않고 있는 것을 이유'로 반론이 제기되었다고 일부러 밝히면서, 그러나 대체로 오키나와 주민의 국정 참가에 대한 특별조치법안을 인정하고 있다는 중간보고를 했다. 그 보고에는 해외 출장 중인 당 실력자가 귀국하면 정부-여당 수뇌회의를 열어 이견을 조정한다는 정보도 함께 있었다. 당 실력자가! 이처럼 자기중심적으로, 오키나와 자체의 동기가 아닌 잘못된 방식으로 채권채무 관계를 의도적으로 만들고는, 결국 오키나와 국정 참가를 자민당이 결정하고 의회가 결정했다. 그리고 이 모든 과정에서 오키나와의 목소리는 2순위, 3순위로 밀려났고, 실제로 어느 한 사람도 헌법의 원리를 제대로 생각하지 않았다.

오키나와 민중에게 지금까지 그리고 지금부터 일본인 의회에서 의결되는 '모든 안건'은 직접적으로 '오키나와와 관련된' 사안이다. 모든 것이 오키나와와 거기 사는 사람들과 관계가 있다. 이처럼 구체적으로 문제를 전개하지 않더라도 지금의 오키나와 상황이 헌법에 저촉될 우려는 없을까? 헌법상 문제의 소지는 없을까? 지금 오키나와의 국정 참가와 관련된 실제적 프로그램을 마음대로 주무르면서 헌법의 이름을 꺼내는 자민당 정치가들은 수치심으로 손을 떠는 일은 없을까? 하노이를 여행한 미국인 수잔 손택이 만든 용어를 빌리면, 그들에게 '윤리적 상상력'은 전혀 없는 것일까? 나는 그들과 일본인이라는 이름으로 묶여 있는 본토에서 불어오는 비릿한 바람을 맞으면 금세 의기소침해진다. 그 무서운 내면의 추락을 향해 우울한 분노의 소리를 지를 뿐이다.

그런가 하면 지난날 게라마 열도 도카시키 섬에서 오키나와 주민에게 집단자결을 강요했다고 알려진 수비대장이 '전우'와 함께 도카시키 섬 위령제에 참석하려고 오키나와로 갔다는 보도가 나왔다. 온건하게 표현하더라도 그 남자는 미군 공격 아래에서 주민을 부대에 수용하기를 거부하고, 투항을 권고하러 찾아온 주민들을 스파이로 몰아 처형하고, 그런 상황 속에서 '명령된' 집단자결이라는 결과를 초래한 것이 분명하다. 전직 수비대장이 예전에 "때가 되면 도카시키 섬에 한번 가고 싶다"고 했다는 기사를 떠올리면 나는 숨통이 끊어질 정도로 옥죄이는 느낌이 든다.

'때가 되면!' 중년이 된 그 일본인은 지금 '때가 되었다'고 판단했다. 그리고 나하 공항에 내렸다. 그를 직접 인터뷰할 기회가 없기에 이 이상한 경험을 한 인간의 개인적인 자질에 대해 아무것도 추측하고 싶

지 않다. 오히려 개인은 필요하지 않다. 그저 일반적인 중년 일본인이
지닌 상상력의 문제이며, 심부에 똬리 틀고 있는 것을 도려내기 위해
노력해야 할 과제이다. 그 남자가 지닌 상상력의 실마리는 바로 언어
이다. 즉 '때가 되면'이라는 말이다. 1970년 봄에 얘기를 꺼낸 한 남자
가 25년에 걸친 '때가 되면'이라는 기획에서 지금 때가 왔다고 생각했
다. 그는 어떤 환상에서 용기를 얻어 오키나와에 간 것일까? 그의 환
상은 어떤 일본인의 일반적인, 오늘날의 윤리적인 상상력에서 나온
것일까?

먼저 인간은 기억을 계속 새롭게 소생시키지 않으면, 아무리 무섭
고 두려운 기억일지라도 그 무게가 점점 가벼워진다는 사실에 주의해
야 한다. 특히 그 인간이 가능한 빨리 그리고 싫은 기억을 좋은 것으
로 완전히 바꾸고 싶어 하는 경우에는 더욱 그렇다. 그는 타인에게 거
짓을 말하고 기만했을 뿐 아니라 자신에게도 거짓을 말했다. 그런 수
치를 모르는 자기기만과 거짓이 수많은 이른바 '오키나와 전기(戰記)'
를 휩쓸고 있다.

예를 들면 미군의 포위로 군대는 물론 그들에게 버림받은 오키나
와 민중도 구조받기 힘든 상황 속에 고립되어 있었다. 그런 상황에서
무장한 병사들이 생면부지의 오키나와 여성을 '무언'(無言)으로 범했
다. 그리고 20여 년이 지나서 그 병사는 자신이 저지른 강간을 감상
적이고 통속적인 형용사를 남발하면서 한계상황에서 나온 '한순간
의 사랑'이었다고 표현한다. 그는 이중 삼중으로 비열한 강간을 저질
렀다. 즉 자신들이 방치하고서 적을 향할 무기를 거꾸로 겨누고 자행

한 강간에 대해, 먼저 자신을 속이고는 기만하기 쉬운 타인부터 의심 많은 타인까지 '거짓말'로 계속 왜곡시켜 나간다. 그리고 어느 날 자신을 포함한 모든 사람 눈에 강간이 아름다운 '한순간의 사랑'으로 바뀐 것을 발견한다. 둔감한 상상력으로 그는 오키나와 현장에서 오키나와 여성 피해자가 "아니야, 그건 강간이었어!" 하고 소리치며 규탄하는 손가락의 의미를 이해하지 못한다.

게라마 집단자결의 책임자도 그런 자기기만과 타자에 대한 기만을 끊임없이 반복했을 것이다. 인간으로서 보상하기에는 너무나 큰 죄 앞에서 그는 미치지 않고 어떻게든 살고 싶어 한다. 그는 점차 희미해지는 기억과 왜곡되는 기억의 도움을 받아 죄를 상대화시킨다. 그리고 자기변호의 여지를 남기려고 과거 사실의 날조에 힘을 쏟는다. 실제로 오키나와에서 자행된 그런 죄를 모두 잊고 싶어 하는 본토에서 시민적 일상생활을 영위하는 그에게 '아니, 그건 그렇지 않아'라며 1945년의 사실 위에서 반론하는 목소리는 들리지 않는다. 1945년 그해의 감정과 윤리 의식에서 나오던 목소리는 침묵을 향해 점점 기울어 간다. 그리고 모두가 1945년을 자기 내면에서 명확히 떠올리기 싫어하는 풍조 속에서 그의 속임수는 차츰 독립해 간다.

본토에서는 벌써 '때'가 왔다. 그는 오키나와에서 언제 그 '때'가 오는지 호시탐탐 노리고 있었다. 그는 오키나와, 그것도 도카시키 섬에 들어가서 1945년의 사실을 자신이 의도적으로 날조한 기억으로 바꿔치기하려고 꿈꾼다. 그 난관을 돌파하면 비로소 그의 장기 계획은 완결된다. 그에게 "아니, 그건 당신이 주장하듯이 간단한 일이 아니었어. 실제로는 궁지에 몰린 부모가 나무를 잘라 어린 자식을 때려 죽인 거야. 너희들 본토에서 온 무장 수비대는 피를 흘리는 대신에 바로 투항해서는, 전쟁 책임을 추궁당하지 않는 27도선 북쪽으로 돌아가서 선량한 시민이 된 거야" 하는 소리가 이제는 오키나와에서도 나오지 못한다는 꿈을 꾼다. 그렇게 되면 도살자와 생존 희생자가 25년 만에 재회하여 달콤한 눈물로 화해할 수 있다는, 도카시키 섬에서 실제로 일어난 일을 똑똑히 기억하는 사람들이 회피하고 싶은 비뚤어진 환상까지 그는 얻게 된다. 그런 자기중심적 기대로 점철된 환상은 멈추지 않는다. '때'가 되면, 그는 그때를 기다렸고 바로 지금 그 '때'가 왔다고 생각했다.

일본 본토의 정치가와 민중이 오키나와와 거기 사는 사람들을 굴복시켜 이의제기의 목소리를 압살하려 한다. 바로 그런 '때가 왔다.' 단 한 명의 전쟁범죄자일지라도 개인적인 방식으로 오키나와를 굴복시키고 사실에 바탕을 둔 이의제기의 목소리를 압살할 수 있다. 한 일본인이 도카시키 섬의 '원주민'은 젊은 장교인 자신이 명령한 집단자결을 순순히 받아들인 온순한 무저항자였다고 생각한다. 바로 그 순간 1945년 도카시키 섬에서 어떤 의식구조를 가진 일본인이 어떻게 사람들을 집단자결로 몰아갔는지, 인간으로서 도저히 할 수 없는 그 결단과 동일한 재현 현장에 우리는 서게 된다.

죄를 저지른 인간의 후안무치와 자기정당화, '거짓' 피해자 의식 그 위에 여전히 끔찍한 공포를 조장하는, 윤리적 상상력이 결여된 인간의 도착된 사명감이 있다. 앞서 인용한 한나 아렌트가 쓴 '아이히만

재판' 관련 저서에는 다음과 같은 아이히만의 주장이 실려 있다 '어떤 고양감'과 함께 아이히만이 말한다.

아마 1년 반쯤 전(1959년 봄)에 때마침 독일 여행을 하고 돌아온 지인에게서 나는 독일 청년층 일부가 어떤 죄책감에 사로잡혀 있다는 이야기를 들었습니다. …… 나에게는 인간이 쏘아 올린 최초의 로켓이 달에 도착한 것과 마찬가지로, 이 죄책감은 획기적인 사건이었습니다. 그 죄책감은 온갖 사상을 형성하는 중심점이 되었습니다. 내가 …… 수색대가 가까이 온 것을 알았을 때 …… 도망치지 않은 것은 그 때문입니다. 그렇게 깊은 인상을 준 독일 청년들의 죄책감에 대한 이야기 이후로 이제 나에게 몸을 숨길 권리는 없다고 생각했습니다. 이게 바로 취조가 시작됐을 때 서면으로 …… 나를 대중들 앞에서 교살하라고 제안한 까닭입니다. 나는 독일 청년들 마음에서 죄책감을 없애는 데 응분의 의무를 다하고 싶습니다. 왜냐하면 누가 뭐래도 이 젊은이들은 전쟁 중에 일어난 여러 사건과 아버지들의 행동에 책임이 없기 때문입니다.

'때가 됐다'고 생각하여 나하 공항에 내린 전직 수비대장은 오키나와 청년들의 비난을 받았고, 도카시키 섬으로 가는 부두에서 승선을 거부당했다. 사실 그는 이스라엘 법정에 선 아이히만처럼 오키나와 법정에서 재판받아야 마땅했지만, 오랜 세월 분노를 품고도 온화하게 표현하던 오키나와 사람들은 그를 납치하지 않았다. 하지만 자유로운 상상력으로 가공의 오키나와 법정에 한 일본인을 세우고 앞서 인용한 아이히만의 말에서 독일을 일본으로 바꾸어 그의 입에서 나오는 모습을 그려 본다. 쓸쓸한 상상력으로 그가 일본 청년들 마음에서 죄책감을 없애는 데 응분의 의무를 다하고 싶다고 '어떤 고양감'과 함께 말하는 법정 풍경을 '구역질' 나도록 상세히 그려 본다.

그 법정의 분위기는 이스라엘 법정보다 훨씬 괴기스럽다. 왜냐하면 '일본 청년' 일반은 사실 마음속에 죄책감을 가지고 있지 않기 때문이다. 아렌트가 말하듯이 실제로 나쁜 짓을 하지 않았을 때 굳이 죄책감을 느끼는 것은 오히려 그 인간에게 만족감을 준다. 그 전직 수비대장이 '응분의 의무'를 다할 때 실제로 나쁜 짓을 하지 않은(그렇게 믿는) 인간의 '거짓' 죄책감은 제거된다. 그러면 '일본 청년'은 오키나와에 자비를 베푼 듯 상쾌한 느낌으로, 진심으로 죄의식을 느끼는 고통을 맛보지도 않고 보상까지 끝내 버린다. 그러고는 자유의 에너지로 넘쳐나는 순진한 얼굴을 오키나와에 내민다. 그때 그들은 오키나와와 거기 사는 사람들에게 저지른 자신들의 범죄를 꿈에도 생각지 않고서 마음의 안정을 얻는다. 그것은 앞으로 그들 신세대의 내면에서 다시 일어나는 오키나와에 대한 차별을 멈출 제어장치를 찾아 낼 수 없다는 의미가 된다.

오로지 '때가 되면'을 생각하고 오키나와를 중심으로 역전의 기회를 노린 것은 도카시키 섬의 수비대장만이 아니다. 일본인, 그야말로 엄청난 인간들이 그러하며 '누가 뭐래도 이 젊은이들은 전쟁 중에 일어난 여러 사건과 아버지들의 행동에 책임이 없는' 신세대들이 그 뒤를 따르고 있다. 실제로 지금 재일조선인을 둘러싸고 젊은 세대의 윤리적 상상력 세계에서 어떤 일이 일어나고 있는지 한번 보라. 지극히 평범한 어리석은 고등학생이 실체도 모르는 것과 연결된 사명감, '어떤 고양감'에 휩싸여 조선 학생을 때리는 치졸하고 파렴치한 실상을 보라. '전쟁 중에 일어난 여러 사건과 아버지들의 행동'과 똑같은 짓을 신세대 일본인이 아무런 죄책감도 없이 반복할 때, 그들에게서 거짓 죄책감을 제거하는 절차만 밟고 그들의 윤리적 상상력 속에서 진실한 죄책감의 자생을 촉구하는 노력을 하지 않는다면 또다시 대규모 국가 범죄로 이어지는 잘못된 구조를 만들어 가지는 않을까?

오키나와의 무한한 이의제기의 목소리를 묵살하려고 못 들은 척하거나 들을 수 있는 귀를 키우지 않는 것은 국가 범죄로 가는 새로운 포석이 아닐까? 사토-닉슨 공동성명 이후 일본 정부는 노골적으로 그런 방향으로 공작하고 선전했다. '오키나와 문제는 종결되었다'는 주문을 계속 외워서 오키나와에 대한 죄책감과 전쟁 책임, 전후 책임, 오키나와의 이의제기 목소리, 그리고 '오카나와'라는 존재가 사라지기를 바란다. 정말이지 근원적으로 파괴적인 무서운 주문이다.

아아 샤피센 줄이 끊어졌네ㅡ.
생각지도 않게 이리 툭 하고 끊어진
'야마토'와 오키나와 민족의 인연의 줄ㅡ.

*샤피센은 뱀가죽으로 만든 오키나와 샤미센ㅡ옮긴이

패전 1년 뒤 가을날 오리쿠치 시노부가 오키나와를 그리며 쓴 글 말미에 나오는 탄식이다. 다만 구미오도리로 집대성된 음악과 무용, 연극이 오키나와 전투 때문에 풍토나 인간 괴멸과 함께 사라져 버렸다는 시각은 잘못되었다. 오키나와의 음악과 무용, 연극은 억세고 끈질기게 살아남았다. 민중들 사이에서 계절에 따라 자연스럽게 발생한 예능에서부터 구미오도리의 완성된 양식까지 모든 단계에서 사라지지 않았다. 이것은 오키나와 민중이 스스로 지켜 온 것이며 토지 접수에 저항하는 현장에서도 샤피센 음악과 즉흥 류카(琉歌, 오키나와의 단시형 가요—옮긴이)를 부르는 자발성이 에너지를 충전시켰다. '야마토' 민족은 그 부흥을 위해 아무것도 하지 않았다.

오히려 오리쿠치 시노부의 깊은 통찰처럼 분명히 야마토와 오키나와 민족 사이에 인연의 끈은 툭 하고 끊어져 버렸다. 본질적으로 끊어진 샤피센 줄처럼 지금도 미래에도 끊어져 있다. 왜냐하면 지금의 반역사적인 미군기지로 뒤덮인 오키나와 섬에서 군정 아래에서 달러로 생활하면서도 끈질기게 오키나와 예능을 지켜 가는 행위는 점령군에 대한 분명한 거절과 '야마토' 민족에 대한 당찬 거절을 의미하는 것이다.

나는《오키나와의 어머니들—그 생활의 기록》(沖繩の母親たち—その生活の記録)에 실린, 삽화의 한계를 넘어 보편적 의문을 제기하는 광경을 떠올린다. 젊어서 본토 방적 공장에서 일하면서 차별과 싸웠던 여성이 귀향하고 나서 나날의 새로운 투쟁을 회상하는 글이다. 아이가 없어 이혼당한 그녀는 아이가 다섯이나 있는 교사의 후처가 되었다.

오키나와 전투에서 남편이 남부 전선으로 끌려간 기간에 연로한 시어머니와 아이들을 홀로 지켜야 했다. 그들은 공습과 포격을 피하여 가족 묘지에 숨었다.

> 그러던 어느 날 갑자기 미군이 왔습니다. 그 광경을 지금도 잊을 수 없습니다. 시어머니가 묘지에서 나오더니 갑자기 도신도이(ドーシンドーイ) 노래를 부르며,
> '산라ー, 이챠가스이라ー(사부로는 어떻게 하지?)
> 와라빈챠 모레(얘들아 춤춰!)'
> 라며 밭 한가운데서 도신도이를 미친 듯이 추었습니다.

나하 민요 《도신도이》(唐船どうい)는 위험한 뱃길을 건너 중국에서 배가 들어오면, 가족이나 지인 소식을 물으러 항구로 쏜살같이 달려가는 사람들의 외침에서 비롯된 노래이다. 여기서 그 노랫말의 의미를 노인의 격렬한 춤과 하나하나 대조하면서 천착할 필요는 없다. 전쟁 중에 일본군에게 버림받고 강력한 적군에게 투항하는 절체절명의 순간에 노래를 부르며 미친 듯 춤추는 노인은, 일본군과 미군 모두를 거부하고 오키나와 민중으로서 자기표현에 정념을 불살랐다.

내가 하는 말이 과장하는 것처럼 들린다는 사람이 있을지 모른다. 하지만 본토 어떤 지역에서 사투리로 "얘들아 춤춰" 하고 노래 부르며 점령군의 무기 앞에서 미친 듯 춤추는 노인을 상상할 수 있을까? 상상하기 힘들다면 이름 없는 오키나와의 노인과 우리 사이에는 매우

기 힘든 간극이 있는 것이다. 그 깊은 간극 너머에서 미친 듯 춤추는 노인이 단호하게 우리를 거부한 사실을 인정해야 한다. 일본군은 전쟁터에서 노인을 내팽겨쳤고 미군은 잿더미 위에서 노인을 항복시켰다. 두 강권과 관련된 모든 사람, 지금의 우리들을 노인은 밀쳐 내고 상대해 주지 않는다. 이것이 현재의 과제이다. 누가 미친 듯 춤추는 노인을 항복시킬 수 있겠는가?

오키나와 민중의 의식구조 속에서 중앙 지향성을 이야기하는 경우가 많다. 역사적으로 본토에서 억지로 들어온 강권이 그것을 요구했다. 또 그런 피차별에서 탈피하고자 한 사람들 스스로 중앙 지향을 선택했다. 전쟁 중에 충칭(重慶)을 중심으로 활동한 일본인 반전동맹의 방송 대본은 최하층 민중에게 중앙 지향을 강요하는 강권의 폭력이 어떤 짓을 했는지 구체적으로 보여 준다. 수많은 오키나와 출신 병사들에게 전선 저 너머에서 이렇게 말했다.

…… 게라마에서 일어난 일. 아카가미(赤神)라는 출정 병사 가족이 형편이 어려워 세금을 못 내자 면사무소에서 들이닥쳤다. …… '뭐야, 돈이 없다면서 돈이 되는 게 여기 있네. 어리더라도 일본 사람이니까 나라님께 봉직할 의무가 있어. 지금은 국가의 중요한 시기니까 아이를 팔아 세금을 내!' 어머니는 눈물을 흘리며 '그렇긴 하지만 이 아이는 출정한 남편의 유일한 혈육이니 남편이 무사히 돌아올 때까지만 기다려 주세요' 하자, '그런데 잘 생각해 봐. 우리 신민들은 어차피 언젠가는 봉직해야 돼. 그리고 자식은 부모를 위해 어떤 고통도

참고 효도할 의무가 있고 부모는 당연히 그렇게 시킬 권리가 있는 거야……' 하며 어미를 설득하여 아이를 팔게 했다. 그리고 그 돈을 전부 세금으로 거둬 갔다. 나중에 그 젊은 어미도 나하 유곽의 기생으로 전락했다.

소켄 씨의 친형도 어린 시절 이토만의 어부에게 팔려 가는 경험을 했다고 하듯 치졸한 말투가 오히려 현실감을 느끼게 만든다. 내레이터인 반전 병사가 국가권력이 노골적으로 강제하는 중앙 지향을 행동과 사상으로 극복한 인간임은 의심할 여지가 없다. 만약에 이것을 증거가 부족한 단순한 억측이라며 정치적 슬로건에서 인간적 선택과 사상의 전개까지 읽어 내는 것은 경솔하다고 주저하는 사람이 있다면, 중일전쟁 전선에서 일본과 오키나와 현실을 바라본 사람의 눈에 무엇이 어떻게 보였을까를 상상하면 된다.

바꾸어 말하면 도대체 누가 어떻게 이 병사가 일본의 '중화사상'적 감각, 일본 본토를 향한 중앙 지향성을 볼 수 있도록 만든 것일까? 이어 전쟁을 반대하는 병사는 1941년 8월 야에야마 산 반전집회와 학생 연설자들을 체포하러 쳐들어온 순사가 민중들의 몰매를 맞았다고 전하며 다음과 같이 보고한다. "하지만 오키나와 출신 병사들이여, 당신들 가족은 아이를 노예로 팔 정도로 굶주려 있지만 동포들 중에는 이번 침략 전쟁의 죄악을 이미 자각하고 반전·반군부 운동을 하는 용감한 사람도 있다."

물론 이하 후유나 나카하라 젠추(仲原善忠)를 비롯하여 본토 체제에 협력하여 전쟁을 극복한 오키나와의 선구적 지식인들도 있다. 하지만 그들의 전 생애와 자기표현의 면면을 자세히 들여다보면 일본의 '중화사상'적 감각을 결코 따르지 않았으며, 천황제 국가의 피라미드를 지탱하는 중앙 지향성에 대해서도 분명히 상대주의적 자유를 포기하지 않았다. 그런 다부진 얼굴들이 존재했다.

일본과 일본인은 오키나와 사람을 '전후' 25년 동안 핵무기가 배치된 미군의 전진기지로, 대량의 독가스와 동거하는, 원자력잠수함이 바다와 어류를 오염시키는, 한국전쟁에서 베트남전쟁까지 이어지는 전쟁의 현장에 방치했다. 하지만 오키나와 사람들은 씁쓸한 민중의식과 의식구조를 다시 획득하고서 일본·아시아·세계를 향한 환상을 없애 버린 전망의 중심에 섰다. 더 젊고 씩씩하고 다부진 얼굴의 오키나와 사람들이 선명하고도 다양하게 내 눈앞에 나타난다.

이런 현실 인식에서 보면 오키나와 사람의 중앙 지향성은 본토 일본인만 가지고 있는 왜곡된 환상일지도 모른다는 의구심이 든다. 지금의 오키나와와 거기 사는 사람들은 전쟁 전 본토에서 흘러 들어온 후보가 선거에서 노골적으로 드러낸 중앙 지향적 사고방식을 결코 받아들이지 않는다. 하지만 지금 본토에서는 그런 존재를 다시 오키나와에 '수출'할 수 있을지 모른다는 강권의 '중화사상'적 환상이 있을 수 있다. 그 둘 사이의 낙차를 응시하는 것이 지금 본토 일본인인 나의 절실한 과제이다.

여기서 나는 지금까지 사용한 '본토'라는 말, 북위 27도선 양쪽의 민중의식 구조와 일본의 강권과 관련된 이 말의 의미와 정면으로 대결해야 한다. 나는 이 글에서 똑같은 빈도로 오키나와와 '본토'라는 말을 사용했다. 그 글자를 쓸 때마다 내 마음속에는 남모를 저항감이 있었고 유보 조건을 달아야 한다는 욕구가 있었다. 불편한 이물감이 커져만 갔다. 도대체 '본토'란 무엇일까? 도대체 본토 일본인이란 무엇일까?

'본토'라는 말은 두 가지 의미로 나누어 검토해야 한다. 오키나와에 온 여행자나 체류하는 취재기자가 아주 둔감하지 않다면 오키나와에 사는 사람들과 이야기할 때 주저 없이 언제나 '본토'라고 말한다. 그것은 오키나와를 방문한 사람이 오키나와와 내지(內地), 오키나와와 일본이라는 대비를 느끼게 만드는 말을 꺼려서, 즉 상대방을 배려해서 만든 궁여지책이다. 내지라는 말이 싫거나 오키나와와 대비시킨 일본이라는 말을 꺼리는 부정적 동기에서 선택된 말이다. '본토'라는 말에 해당하는 실체가 긍정적으로 실재하는지 어떤지 자문하면서 '본토'라는 말을 사용한 것이 아니다. 게다가 '본토 복귀'라는 정치적 결정으로 지금 오키나와와 본토라는 말의 역동성이, 내용은 애매모호한 상태로 사라지고 있다. 나는 '본토'라는 말의 실체를 적극적으로 살펴보고 싶다.

《오키나와 정신 풍경》(沖縄精神風景)의 저자는 복잡한 심정으로 '본토'라는 말의 성립과 사용 방식 그리고 관련된 심리를 다음과 같이 이야기한다. 그는 오키나와 지식인들의 복잡 미묘한 의식의 그늘을 구석구석까지 파헤치면서도 균형감을 유지하는, 스스로 매몰되지 않은 시인이며 지도적 저널리스트이다.

…… 지금의 오키나와는 분명 이상한 경우이다. 그 이상함을 제대로 알고 살아가는 사람과 그것을 보고 '뭐지?' 하는 사람과는 상당히 입장이 다르다. 지금 오키나와에서 '일본'을 가리킬 때 일본이라 해서는 안 된다. 그래서 나온 것이 '본토'이다. 신문 편집자가 얕은 지혜를 짜내어 겨우 만든 것이 내지가 아닌 본토이다.

전쟁 이전부터 오키나와인의 콤플렉스 때문에 내지는 금기어로 여겨져 본토라고 바꿔 말했다. 오키나와인은 이렇게 말할지도 모르겠다. 이것은 분명 고육지책이다. 그 '본토'가 지금 어엿하게 '본토'로 통용되고 있다.

상대 표정을 읽는 것은 상대가 솔직하면 할수록 거북한 법이다. 선의가 있으면 더욱 그러하여 오히려 부담스럽다. 어떤 사람이 오키나와인과 대화하는 가운데 '일본에서는……'이라고 말했다. 물론 그는 '일본인'이다. 듣고 있는 사람도 추호의 의심 없이 자신을 '일본인'이라 생각한다. 그런데 상대가 당황해서 '아니 본토에서는'이라고 바로 고쳐 말하면 난감해진다.

이 글은 오키나와인이라는 말에 비해 '본토'라는 말의 무게와 명확성이 얼마나 가벼운지를 구체적으로 설명해 준다. 그저 온화한 미소를 띠고 있는 '선의'의 '일본인'에게 오키나와인이 "도대체 당신이 아는 본토와 본토인의 긍정적 의미는 무엇인가요?" 하고 묻는다면 그 일본인은 궁색해질 수밖에 없다. 소극적으로 순간을 모면하기 위해 '본토'라는 말이 만들어져서는 긍정적인 내용을 확인하지도 않고 통용되어 버렸다. 그리고 '본토 복귀'라는 말이 이 25년 동안 차근차근 하나씩 밝혀 낸 진정한 오키나와적인 존재를 서서히 집어삼키려 한다.

'본토' 일본인은 불편한 이물처럼 자기 존재를 주장한다. 그리고 그 주장에 귀 기울이면 무한한 이의제기의 목소리가 터져 나온다는 사실을 깨닫게 된다. 그래서 '본토' 일본인의 본질을 의심하게 만드는 오키나와, 무서운 미결 과제인 오키나와를 위생적이고 해롭지 않은 기결(既決) 상자 안에 집어넣으려 한다. 오키나와에서 나온 새로운 아시아관과 거기 사는 사람들이 피로 지켜 낸 헌법 정신, 그리고 자립한 민주주의의 감각을 수용하길 거부한다.

이것은 일본이 오키나와에 속한다는 명제의 부정적인 면, 즉 반영구적인 핵기지 오키나와의 꽁무니에 일본열도가 붙어 있는 상황을 스스로 받아들이는 일이다. 명제의 긍정적인 면, 즉 지금 오키나와에서 발견되고 확인되고, 경험을 통해 보강되고 있는 새로운 아시아 속의 일본이라는 전망을 송두리째 고사시키는 것이다.

핵 시대의 일본인의 죽음과 재생의 계기를 구체적으로 보여 주는 오키나와의 상처를 외면하는 태도를 고착시켜 버리는 것이다. 이러한 현실 위에서 대부분의 일본인이 '오키나와 문제는 종결되었다'고 말한다면, 태평양 너머에서 홀가분한 표정의 무리가 '일본 문제는 종결되었다'고 호언장담하는 소리도 분명 들려올 것이다. 그때는 너무나 절절한 분노와 고통의 목소리로 '일본 문제는 종결되었다'고 광활한 아시아 대륙에서 널리 선언하는 소리를 듣게 될 것이다.

아가루이 나리유키 씨는 오키나와인의 의식구조를 분석하면서

"'본토'라는 변칙적 말이 통용되는 것만으로도 경이롭다. '본토에 간다'고 하면 실제 어디를 가는지 중요하지 않을 만큼 '본토'를 전부 똑같은 것으로 인식한다"고 지적한다. 그런 낡은 의식구조를 극복한 새로운 오키나와 사람들이 오키나와와 오키나와인의 실질을 둘러싸고 '본토' 일본인에게 무한한 이의제기를 한다. 그리고 진지하게 듣는 '본토' 인간에게 '본토'라는 소극적인 말에는 모호한 환상밖에 없으며, 허상 속의 '본토'를 믿지 않는 인간이 정면에서 흔들면 '본토' 인간의 '거짓' 안정은 금방 붕괴된다고 가르쳐 준다.

또 오키나와에 대응하는 '본토'가 실재할까 하는 의심이 중국에 대한 '본토' 일본, 미국에 대한 '본토' 일본이라는 실체도 없는 말을 연상시킨다. 그래서 나는 오키나와에서 '본토' 일본인으로서라는 말을 자주 사용한 사실을 자성하면서 고통스런 출발점에 선다. 소극적으로 획득한 '본토'로서의 일본, '본토' 사람으로서의 일본인이라는 함몰된 인식은 아시아의 새로운 전망을 향한 적극적이고 진취적인, 다양성을 지닌 상상력을 속박하는 최악의 오랏줄이다.

지금 전후 오키나와가 만들어 낸 새로운 인간들이 현장에서 '본토 복귀'로 서서히 진행되어 가는 일체화를 낱낱이 목도하고 있다. 오키나와를 무한한 이의제기의 장소로 만들자고 주장하는 그들에게 소극적인 '본토'라는 단순한 이미지는 없다. 당장이라도 섬을 통째로 집어삼키려는 큰 소용돌이 앞에서 그들은 자유롭고 다양한 상상력으로 오키나와, 일본, 아시아 그리고 세계를 바라본다. 그들은 종합적인 전망을 가지고 아직도 피를 흘리는 오키나와 역사의 상처를 바라본다. 나는 그들의 존재와 그들의 눈이 바라보는 곳으로 상상력을 항상 펼쳐 나가고 싶다. 그렇지 않으면 '일본인이란 무엇일까? 그렇지 않은 일본인으로 나를 바꿀 수 있을까?'라는 의문이 흉물스럽게 시들고 처량하게 썩어 버릴 것이다.

나는 오키나와 노트를 도저히 내 가슴속에서 닫을 수 없다. 피비린 내 나는 내면의 암부로 자신을 밀어 넣으며 전후민주주의와 윤리적 상상력을 생각하기 위한 실마리로 절실히 필요하다. 그것을 손에서 내려놓으면 혐오스럽고 무서운 허공 속으로 떨어진다는 사실을 점점 더 크게 자각하기 때문이다.

나는 지금 라디오에서 오키나와 전군노가 제3차 파업을 철회하기로 결정했다는 보도를 듣고 있다. 눈을 감을 필요도 없이 어둡고 거친 비바람 속의 집회와 시위, 우에하라 전군노 위원장과 주변 사람들의 얼굴과 목소리, 시위 행렬을 따르는 수많은 다양한 얼굴들이 또렷하게 떠오른다. 어떤 목소리가 말한다. 그들은 항복했다. 반전을 지향하는 기지 노동자로서의 모순을 그들 혼자 힘으로 짊어지기에 너무 무거웠다. 그래서 또 여기서 '오키나와 문제는 종결되었다'고 말한다. 하지만 그 목소리에 나는 의연히 고개를 가로저을 수밖에 없다. 나는 절대로 그 의견을 받아들일 수 없다. 그들은 항복하지 않았다. 그들의 구부정한 등은 여전히 고통스런 모순의 무거운 대들보를 짊어지고 있다. 그런 그들의 존재는 일본의 상황을 부수어 버리는 역할을 할 것이다. 오키나와 사람으로서 인간답게 살아가면서 집요하게 저항해 나갈 것이다. 오키나와 여행을 거듭하면서 나는 이런 확신을 갖게 되었다.

나는 사진 잡지에서 집단자결을 일으킨 섬을 다시 방문하려다 거부당한 전직 수비대장의 기사를 봤다. 그는 "네놈이 뭐 하러 왔냐?"는 오키나와의 물음에 "영령을 위로하러 왔습니다"라고 대답하고, 항의 행렬을 빠져나가서는 성조기가 펄럭이는 미국의 민간 선박을 타고 도카시키 섬으로 가서 꽃을 놓고 왔다고 한다.

　'일본인이란 무엇일까? 그렇지 않은 일본인으로 나를 바꿀 수 있을까?'라는 암울한 내면의 소용돌이는 다시 새롭게 나를 더 깊숙한 곳으로 끌고 간다. 그런 나날을 살아가면서, 게다가 헌법 제22조 국적 이탈의 자유를 알면서도 그대로 일본인으로 남아 있는데, 어떻게 내 내면의 오키나와 노트를 완결할 수 있겠는가?

(1970년 4월)

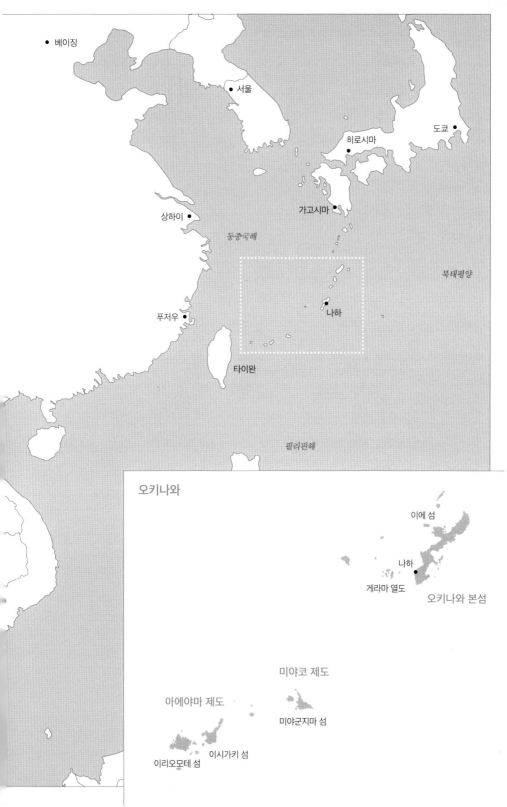

베이징

서울

도쿄

히로시마

가고시마

상하이

동중국해

북태평양

푸저우

나하

타이완

필리핀해

오키나와

이에 섬

나하

게라마 열도

오키나와 본섬

미야코 제도

아에야마 제도

미야군지마 섬

이시가키 섬

이리오모테 섬

옮긴이의 말

오에 겐자부로는 1994년 역사상 두 번째로 노벨 문학상을 수상한 전후 일본을 대표하는 문학가 가운데 한 인물이다. 오에의 활동은 소설 창작에만 머물지 않았다. 전쟁과 핵, 국가주의를 비롯하여 일본에만 한정되지 않는 인류 보편의 쟁점이 되고 있는 사안에 대해 적극적으로 발언하고 행동하고 글을 써 왔다. 특히 일본의 전후민주주의의 확고한 지지자로서 평화헌법(특히 9조) 개정에 대한 반대를 명백히 밝힐 정도로 사회참여 의식이 강한 작가로도 유명하다.

《오키나와 노트》는 현대 일본에서 가장 첨예한 쟁점인 오키나와를 다루고 있다. 독립적인 류큐왕국에서 오키나와 현으로, 그리고 오키나와 전투를 거쳐 동아시아 최대의 미군기지를 보유한 섬으로 오키나와는 극적인 역사를 경험하고 있다. 아울러 미군의 후텐마 기지 이전 문제에서 확인되듯이, 지금도 여진이 계속되고 있는 뜨거운 정치 현안 가운데 하나이다. 그럼에도 불구하고 일본 내에서는 '주변' 내지 '변방'으로 치부되어 온 사실을 부정할 수 없다. 그런 오키나와의 근현대사를 향해 문학가의 진지하고도 날카로운 성찰을 담고 있는 것이 바로 이 책이다.

오키나와는 남국의 관광지라는 지리적인 특징 덕분에 이름 자체는 한국에 꽤 알려져 있지만, 여전히 표면적인 소개의 영역을 벗어나지 못하고 있다. 앞서 말한 후텐마 기지 문제를 비롯한 미군기지의 존재를 둘러싼 쟁점이 해소되지 않고 있으며, 그 밑바닥에는 태평양전쟁에서 벌어진 오키나와 전투의 비극이 자리한다는 것을 아는 한국인은 그리 많지 않다.

패전을 앞둔 일본 정부와 군부는 오키나와 전투의 목표를 '본토 결전'에 대비할 시간을 번다는 '지구전'으로 설정하고, 될 수 있으면 미군의 '전력'을 소진시키는 데 목표를 두었다. 오키나와는 '황토'(皇土), 즉 천황이 살고 있는 본토를 지키기 위한 사석(死石)에 지나지 않았던 것이다. 그 결과 1945년 3월부터 무려 석 달에 걸친 공방전에서 일본군 9만 명과 민간인 15만여 명이 목숨을 잃었다. 군인보다 민간인 희생자가 많은 원인은 한마디로 오키나와에 대한 차별과 냉대 때문이었다. 전투가 막바지에 이르자 일본군은 황민화가 덜된 오키나와 사

람들에게 자살을 강요했다. 부모가 자식을, 형이 아우를 죽이는 참상
이 이어졌다. 집단자결 아니 '집단사'(군의 강제성을 부각시킨 용어)의 아
비규환이 동굴에서 들판에서 벌어졌다.

집단사의 가해자인 제국 일본이 항복한 뒤 곧 미군이 진주했다. 그
리고 미군 단독의 직접 지배가 실시되었고, 냉전이 심화됨에 따라 오
키나와의 전략적 가치에 주목한 미국은 항구적인 기지 건설에 착수
했다. 1951년 9월 본토는 점령통치에서 벗어나 독립을 쟁취했지만, 오
키나와는 다시 미국의 신탁통치 아래에 들어갔다. 샌프란시스코 강
화조약으로 오키나와는 또다시 사석의 처지로 내팽개쳐진 것이다.

1960년대 말에 접어들면서 오키나와의 이른바 '본토 복귀'가 가시
거리에 들어왔다. 그런 현실을 놓고 오키나와 사람들은 빠른 시일 내
의 복귀를 환영하는 동시에 미군기지의 전면 반환까지를 희망했다.
그러나 본토의 선택은 기지 존치를 전제로 한 오키나와 현의 재탄생
이었다. 1972년 5월 15일 오키나와 반환협정이 발효되던 날 도쿄와
나하(那覇)의 복귀 기념식은 각기 다른 분위기에서 치러졌다. 도쿄의

사토 에이사쿠 수상은 만면에 미소를 머금은 채 만세삼창을 외쳤지만, 나하의 야라 조뵤 초대 현지사의 표정에서는 쓸쓸함이 역력했다. "복귀 내용을 보면 우리들의 절실한 바람이 받아들여졌다고 말하기 어려운 것도 사실입니다"라는 그의 연설은 애써 억눌렀지만 조용한 분노가 배어 있었다.

1972년 오키나와는 '조국'(본토)의 품으로 반환되었지만, '미군기지 안에 오키나와가 있다'는 현실은 전혀 변화가 없었다. 일본 면적의 0.6퍼센트에 지나지 않는 오키나와에 주일 미군 시설의 75퍼센트가 들어 차 있다.

세기가 바뀌어 오키나와는 다시금 들썩였다. 오키나와 전투의 집단사에 일본군이 어떻게 관여했는가라는 해묵은 쟁점이 타오른 것이다. 2005년 군의 강제를 서술한 오에 겐자부로의 이 책《오키나와 노트》를 당시 군 관계자와 유족이 법원에 제소했다. 재판이 진행되던 2007년, 이번에는 문부과학성이 교과서 검정에서 군의 강제 부분을 삭제하라는 지시를 내렸다. 2007년 9월 29일에 열린 현민대회 참가

자는 주최 측 추산으로 116,000명에 이르렀다. 140만을 약간 밑도는 주민의 10퍼센트에 육박한다.

두 사건은 겉으로 보기에는 원만히 수습된 듯 보인다. 2008년 3월과 10월에 이어, 2011년 4월의 대법원 판결까지 일본 사법부는 오에 겐자부로의 손을 들어 주었다. 그리고 최근에 이르기까지 교과서 검정에서는 직접적인 '강제'를 서술하기보다는 '군에 의해 내몰렸다'는 정도로 '관여'를 드러내는 경우 수정 지시가 내려지지 않았다.

이런 오키나와의 근현대사가 갖는 특수성에 대한 한국 사회의 관심과 인식은 척박하다. 이 과정은 19세기 이후 동아시아 근현대사가 겪어야 했던 아픔, 즉 식민 지배와 침략 전쟁이라는 역사와 궤를 같이 한다. 따라서 한국인의 일본 인식 업그레이드를 위해서는 오키나와의 심층적 이해로부터 출발할 필요가 있음을 절감한다.

《오키나와 노트》는 일본 인식의 맹점을 지적하고 일본을 총체적으로 파악하는 데 훌륭하고도 적절한 지침서가 될 것이다. 정치학을 비롯한 사회과학 연구자의 저작보다 문학적 감수성으로 현실에 눈높이를 맞춰 써 내려간 저작이기에 접근성과 이해도의 측면에서도 좋은 길라잡이가 될 것이라 믿어 의심치 않는다. 그래서 번역자는 오에 겐자부로의 진의를 충분히 전달할 수 있도록 세심하게 배려하면서 번역 작업을 진행했다.

다만 오에 스스로 본문(147쪽)에서 자신의 글을 "갈팡질팡하는 문장 스타일," "피해망상의 징후"라고 고백하고 있듯이, 감정이 노출된 추상적이고 애매모호한 글은 때때로 옮긴이에게도 절망과 좌절을 안겨 주었음을 고백하지 않을 수 없다.

2012년 5월

이애숙